工学部ヒラノ教授の傘寿でも徘徊老人日記

今野浩
Hiroshi Konno

青土社

工学部ヒラノ教授の傘寿でも徘徊老人日記　目次

工学部ヒラノ教授の傘寿でも徘徊老人日記

1　傘寿徘徊老人

新型コロナウイルスが蔓延し始めてから、親せきや友人との会合はすべて中止または延期になった。しかし、インターネットに繋がっているおかげで、私は孤立した独居老人生活を送らずに済んでいる。

昨年一〇月半ばに、「今年のヒラノ研の忘年会は、Zoomで行いたいと思いますが、いかがでしょうか」というメールが幹事から届いた。私のパソコンにはカメラがついていないので、「これからZoomの使い方を勉強します」と返信したところ、一週間後に、「メンバーの賛同が得られないので、今年の忘年会は中止します」という連絡があって一件落着（やれやれ）。

オリンピック開催期間中には、息子一家六人が私の家で一～二泊することになっていたので、家具屋の閉店セールでマットレスを二つ買い込んだ。これだけ用意しておけば、断捨離の際に捨てなかった布団もあるから、六人組が襲来してもどうにかなるだろうと思っていたところ、オリンピックの一年延期が決まった。

この時点で息子一家のオリンピック観戦はなくなったので、二組のマットレスは不要になったが、一度も使用しないで捨てるのは悩ましい。

コロナ禍の中で、大学の授業や企業の会議は、オンライン形式が当たり前になった。東工大のある若手教授は、「最初の数か月は、講義の準備に時間を取られましたが、今では通勤、会議、出張に費やす時間が減ったので助かっています。目下、科学研究費をどうやって使い切るか思案中です」と言っていた。

また筑波大の理工系熟年教授は、「講義の準備は大変でした。しかし今では対面、オンライン、オンデマンド授業を組み合わせることによって、これまでより教育水準がアップしたと思います」と言っている。

昨年暮れに東工大から送られてきたパンフレットを見ると、一年生の約四〇%が対面授業を希望しているのに対して、それ以外の学生の半数以上が、対面とオンラインミックスの授業に満足しているということだ。

このように(理工系)大学は、コロナ禍にかなりの程度対応できているようだが、実験科目をリモートで実施するのは難しいのではないだろうか。

実際、生物関係の国立研究機関に勤務する長男は、「リモートワークが奨励されても、実験や昆虫・植物の世話があるので、これまでと変わらない毎日だ」と言っているし、電機会社に勤める次男は、「通勤地獄から解放されたのは有難いが、技術的課題をZoomで議論するのは、対面会議に比べて効率が悪い」とぼやいている。

インターネットが普及し始めた二一世紀はじめ、知り合いのテレワーク（遠隔就労）研究者は、「いずれテレワークが当たり前になる時代がやってくる」と言っていたが、二〇年目にしてこの予言が実現し始めたようだ。

二〇一一年に、ＪＲ東海がリニア中央新幹線構想を発表した時、私は東京から名古屋まで一時間で行けるようになったとしても、どれほど需要があるのかと訝ったが、ここまでリモートワークが普及すると、無用の長物になるのではないかと心配になる。

一〇年前に中央大学を定年退職したあと、私は研究から完全に手を引いた。脳みそ、パソコン、書籍さえあればやれる哲学や文学の研究と違って、工学系の研究には、研究費、実験設備、そして大学院生と事務スタッフのサポートが不可欠である。

ところが工学部教授の大半は、定年退職と同時にこのすべてを失う。だから出来ることと言えば、かつて手掛けた研究の落穂拾いくらいである。

時代遅れの論文を発表して後輩たちを当惑させるより、全く違うことをやった方がいいと考えた私は、〝日本の秘境〟というべき「工学部」という組織と、そこで働くエンジニアの生態を世間の人たちに知ってもらうために、「工学部ヒラノ教授」というノンフィクション・シリーズを書き続けた。この結果、定年後の一〇年間で二〇冊の本を出すことが出来た。

執筆以外の時間は、徘徊兼買い物、映画鑑賞、音楽鑑賞、ニュース、ドキュメンタリー番組などを見て、八時過ぎにベッドに入る〝三ソ〟（疎遠、空疎、粗食）生活を送ってきた独居老人が、コロナ禍で受けたダメージは、月に二〜三回の会食が無くなったことと、早朝の買い物が不便になったことくらいである。

コロナ感染が怖いからと言って、家の中に引き籠っているとウツやフレイルになるので、これまでどおり早朝と夕方の徘徊を実行し、毎週七万歩のノルマ達成に努めてきた。昨年一年間でこの目標を達成できなかったのは、大雨続きだった一週間だけである。

毎朝四時ちょうどにベッドを出て、トイレに行ったあと体重を測定する。ダイエットの達人であるU氏は、「毎日体重を測って一喜一憂するのは愚かだ」と言うが、私は毎朝体重計に乗っている。

なぜなら一週間以上測らないと、二キロ近く増えていることがあるからだ。一キロ程度なら一週間で減らすことが出来るが、二キロ増えるとなかなか減らせない。長年の経験から分かったのは、人間には〝安定体重〟なるものがあって、一旦そのレベルに達すると、そこから減らすのは難しいということである。

私の場合は、適正体重である六九キロから、三キロごとに安定体重があって、現在は七一キロ前後をうろちょろしている。次の安定体重である七二キロまで増えてしまわないためには、毎朝一憂して、増えた分をすぐに減らすことが大事なのである。

体重測定の後は、手洗い・うがい・歯磨き・洗顔、そして体温・血圧の測定を行う。健康維持には手洗いが肝心だということは知っていたが、コロナ禍が発生するまで無視してきた。ところが手洗いとうがいを実行するようになってから、風邪をひかなくなったし、年に一〜二回の下痢もぴたりとやんだ。

長い間私は、三六度五分以上の場合は熱がある、と思っていた。ところがコロナ禍が発生してから、発熱とは三七度五分以上を意味することを知った。インターネットで調べると、人間の体温は、朝は低く午後は高くなること、そして三七度程度は微熱で、三七度五分以下は発熱とは言わないことが分かった。

そんなことも知らなかったのかと言われるだろうが、私はインフルエンザなどで寝込んだとき以外は、日中に体温を測ることはなかったのである。

発熱だけではない。後期高齢老人になるまで知らなかったことは、これ以外にもたくさんある。

・内科医が皮膚科や整形外科関係の薬を処方してくれること（このことを知って以来、皮膚科に行かないで済むようになった）
・アメリカの大統領は、自分自身を恩赦できること（ただしそのためには、自分の犯罪をすべて開示しなくてはならない）
・食物からのコレステロール摂取量は、あまり気にしなくてもいいこと（多めに摂取した時には、その分だけ体内で生成されるコレステロールの量が減る）
・日本には一〇〇歳以上の老人が八万人いること（うち約九割は女性であること）
・一斤一〇〇円の食パンを食べている人が大勢いる一方で、二斤一〇〇〇円の高級食パンがよく売れていること
・安売り卵は、鳥類ウェルフェアが劣悪な鶏舎で飼われている鶏が生んだものなので、避けた方が賢明であること

などなど。

軽い朝食をとったあと、お花の水を取り替え、リュックを背負い、身分証明書、尊厳死協会の会員証、財布、万歩計をポケットにおさめて、妻の遺影に「今日もぼくは元気です。それでは行ってきます」と声をかけ、荒天の日以外は五時ちょうどに、マスクを着けて杖を突きなが

ら徘徊に出かける。

〝転ばぬ先の杖〟と言われているが、〝転んだあとの杖〟はもっと重要である。歩道の真ん中で転んだ場合、何かにつかまらなければ起き上がれない老人でも、杖があればなんとかなるからである。

冬の間の朝の五時はまだ暗い。そこで暴走自転車に衝突されないように、豆電球を帽子に装着する。昨年までは、光を反射する腕章を着けて徘徊していたが、ライトをつけていない自転車も多いので、先方の光を当てにするのではなく、自ら発光する〝アンコウ爺さん〟になるのである。

週に二回は燃えるゴミ、週に一回は燃えないごみと資源ごみ、そして一〇日に一回は新聞・チラシ・雑誌などの古紙をゴミ置き場に出す。

新聞購読をやめればゴミは減るが、書評、映画評、文芸・時事評論、各種コラム、四コマ漫画が読めなくなるし、受け取る情報に偏りが出るので、今後も購読を続けるつもりである。

学生時代には親が購読していた朝日と毎日を、社会人になってからは日経と朝日を読んできた。その後、朝日に関する問題点が明るみに出たので、日経だけで過ごしていたが、社会が左傾化してからは、日経プラス真右の産経、右傾化した後は、日経プラス真左の東京新聞を読んで、バランスを取ってきた。

しかし退職後は、懐事情とゴミ出し問題を考慮して、東京新聞と日経の電子版（ただし無料で読める記事のみ）で済ませている。東京新聞は左派論客によるエッセイと辛口コラム、四コマ漫画、文芸欄が気に入っている。

辛口コラムで鬱憤を晴らし、漫画でげらげら笑って脳調を整え、文芸欄で面白そうな本が紹介されているときは、手帳にメモして、半年後に区立図書館の蔵書を検索する。なぜ半年後かと言えば、新刊本をタダで借りるのは著者に申し訳ないし、面白そうな新刊本には、長い待ち行列が出来ているからである。

『工学部ヒラノ教授』シリーズの待ち行列は、最大でも一人か二人だが、ベストセラーの中には二〇人以上待っているものもある。貸出期間は一人につき二週間だから、一年近く待たなければならないのに、最後尾に並ぶ人がいるのだから驚く。

早朝徘徊には、公園での柔軟体操と買い物という副次的な目的がある。ところが、長い間利用してきた「東武ストア」と「マルエツ」は、コロナの影響で深夜と早朝の営業を中止したので、ここ一年は二四時間営業の「ハナマサ」と「ビッグA」のお世話になってきた。

ハナマサは、もともと飲食店を対象とする業務スーパーなので、肉や冷凍食品のパッケージは一キロ近いものが多く、独居老人には不向きである。一方ビッグAは店の規模が小さいので、品ぞろえがイマイチである。

そこで二週間に一回は、一キロ以上離れた「西友ストア」を訪れる。目指すのは、残り物の魚の切り身や、販売期限切れの切り花、そしてここでしか手に入らない商品（スマッカーズのジャムやスキッピーのピーナッツ・バターなど）である。

運がいいと、前日まで四九八円で売られていた花束が、一五〇円で手に入る。二束買えば七〇〇円の儲けである。

〝高齢者は両足に二キロの錘を下げ、背中に三キロの荷物を背負って歩くようなものだ〟と言われているとおり、お茶のペットボトル（二リットル）、牛乳のパック（一リットル）、そして花束、野菜、肉パックなど、合計五キロ近い荷物を背負ってひょろひょろ歩く老人の歩行速度は、若者たちの半分程度である。

たまに速足で歩くことが出来る日もあるが、翌日は逆戻り。そうこうするうちに、この一年の間に脚の錘が二キロから三キロに増えてしまった。

ビッグAの顔なじみの店長は、独居老人が一週間以上顔を出さないと心配するので、特に買いたいものがなくても、毎週一回、片道一七〇〇歩の道を往復している。

約一時間の徘徊を終えて家に戻ると新聞を読み、六時半からラジオ体操第一でオイッチニ。きつい第二体操をパスして、五時間ほど執筆活動。昼食を済ませた後、午後は映画を見たり本や漫画を読んだりして過ごし、四時半になると再び三〇分ほど徘徊。

五時過ぎに家に戻った後は、テレビのニュース番組やドキュメンタリーを見て、六時ころからワインを飲みながら軽い夕食。そして何があっても八時までにはベッドに入る。これで独居老人の一日は終わる。

コロナ禍が始まる直前に、友人の勧めで生協に加入して以来、ビールなどの重い商品は、ここに頼むことにしたので、徘徊リュックの重さは大幅に軽減された。スーパーより一五％ほど割高だが、高齢者の場合は、一回につき一〇〇円の配達料が免除されるので、実質的にはスーパーで買うのとあまり違わない。

毎週更新される膨大なカタログの中から、五〜六種類の食料品を注文すると、翌週にキチンと配達してくれる。運んでくるのは、笑顔が素敵な若い女性である。大学を辞めてから、若い女性と言葉を交わす機会がなくなったので、ここぞとばかり年寄りの知恵を伝授し、免除された配達料を時折まとめてチップとして還元する。

私の家から一キロの範囲内には、七つの「セブンイレブン」、二つの「ローソン」、そして一つの「ファミリーマート」と「ミニストップ」がある。しかし、これらの店を利用するのは、公共料金の支払いと雑誌購入の時だけである。

なぜなら食料品の値段は、スーパーの三割増しが当たり前で、品物によっては四割も高いからである。時々ファンシーなスイーツに手が出そうになるが、一〇〇円コーヒーだけで我慢している。

私が墨田区太平町（最寄り駅はＪＲ錦糸町）という、海抜ゼロメートル地帯（実際にはマイナス一メートル）にマンションを購入したのは、一九九五年である。阪神大震災直後に、ルーマニア・パブと場外馬券売り場で有名な錦糸町のマンションを購入した私は、山の手の高級住宅地に住む友人に「なんで今どき、しかも錦糸町なんかに」と呆れられた。

マンション購入者の大半は、四〇代から五〇代のサラリーマンだったが、二五年後の現在、彼らは揃って後期高齢老人になった。

一方ここ一〇年ほどの間に、約三〇〇〇坪の町内に、老朽家屋や町工場を取り壊して、三〇棟以上のマンションが建設された。その大半は若者向けのユニットである。そのおかげでわが町は、古くから住んでいる後期高齢老人と、最近移り住んだ若者の街になった。多くのコンビニは、これらの若者たちによって支えられているのである。

現在も廃業したハイヤー会社のビルの跡地に、七階建ての共同住宅が建設中である。この建物も、六五戸のうち四〇戸が四〇平米以下の若者向けユニットである。

コンビニ以外にも、単身者目当てのコインランドリーが次々とオープンしている。リニューアルしたサウナ付き銭湯「黄金湯」も大繁盛で、ウィークエンドには若者たちが列を作る賑わいである。

私もこの銭湯を利用したいと思っているのだが、杖がなければ浴槽に入れない老人は、付添人がいなければ門前払いになるだろう（杖突き独居老人は――♬、悲しいもんだね――♬）。

西友ストアでは、早朝時間帯はセルフレジしか使えない。ある日機械がバーコードを読み取ってくれないので係員を呼び出した。ところが三分待っても来てくれないので、豆大福一個を失敬するところだった。

しかし店員に追いかけられたら、絶対に逃げきれない（最後に走ったのは、東日本大震災の時だったと記憶する）し、「機械がバカなせいだ」と弁解しても、警察に突き出されるかもしれない。〝東工大ヒラノ名誉教授　豆大福一個を万引きで事情聴取〟という記事が新聞に出たら、息子、元学生、大学、出版社に顔向けできない。

数年前のことであるが、マスコミで活躍していた元大蔵官僚が都内の温泉施設で、置き引き現行犯で逮捕された。これでこの人も一巻の終わりだと思ったところ、一年ほど蟄居した後再びテレビに復帰して、堂々とご高説を垂れていた。そして今では、某私立大学の教授に納まり、総理大臣のアドバイザーを務めている。

政財官界に有力な支援者がいる●●国民だから、このような離れ業が可能なのだろうが、ヒラ国民のヒラノ名誉教授が万引きで捕まれば、世間の笑いものになって、恥辱のうちに人生の幕を閉じること必定である。

コロナが蔓延して以来、早朝徘徊の際に老人仲間と出会う機会はめっきり少なくなった。たとえば『工学部ヒラノ教授の徘徊老人日記』（青土社、二〇二〇）で紹介した、孫自慢のおばあちゃん（八五歳）は、一年近く姿を見かけない。

八五歳のおばあちゃんが、家の中に引きこもっていれば、ウツやフレイルになるくらいでは済まない。飼い主と同程度に高齢（一五歳）のダックスフンド・コータローがどうしているかも心配だ。

独り暮らしになってから、私の家に住んでいる生き物はゴキブリだけになった。誰にも気兼ねせずに、子供の頃から飼いたいと思っていた犬を飼える身分になったわけだが、最近老犬を看取った六〇代の友人がペット・ショップを訪れたところ、「一人暮らしの高齢者が犬を飼うことは出来ません」と言われたそうだ。

老人は（足腰が弱っているので）朝夕散歩させることが出来ない、（●●ているので）きちんと餌を与えることが出来ない、老人の死後ペットが餓死するのはかわいそうだ、エトセトラ。

これはすべて正しいが、本末転倒ではなかろうか。独り暮らしの老人にとって、ペットは最大の生きがいである。たとえ飼い主が先に死んだとしても、ペットはあくまでペットに過ぎない。

そこで〝高齢者、ペットの飼育〟をインターネットで検索したところ、条件付きで飼えることが分かった（残念ながらヒラノ老人はその条件を満たさない）。

話がわき道にそれたが、顔を見なくなったのは、コータローおばあちゃんだけではない。会うたびに「歩かなければだめだよ」と忠告してくれたHさん（八二歳）と三か月ぶりにお会いしたところ、「秋に女房を亡くしてから、毎日テレビを見ながら酒ばかり飲んでいる」と言っていた。

このままの生活を続ければ、〝三年以内に六〇％の確率で〟死んでしまうので、「歩かなければだめですよ」と忠告した。

二つ年下の一人暮らしFさん（女性）は、毎週二回ボランティア活動に精を出していたが、椅子から転げ落ちた際に腰の骨を折ったのが原因で車いす生活になり、娘さんの家に引き取られたそうだ（後期高齢老人に明日はない！）。

週に一回は挨拶を交わしていた元サラリーマン（八四歳）夫婦や、元帽子屋のおじさん（七九歳）にも会わなくなって久しい。

一人暮らしの傘寿老人は、あれこれ困ることが多くなった。そこでここ数か月の間に起こった、困った出来事をいくつか紹介しよう。

一つ目は万歩計の電池交換である。縦二センチ、横四センチほどの中国製万歩計はとても性能がよく、ズボンやシャツのポケットに入れておけば、正確に歩数を記録してくれるのだが、年に一回はボタン電池を交換しなくてはならない。

運動用品店に持っていけば、五〇〇円程度で交換してくれるが、一〇〇円の電池の交換に五〇〇円も払うのはばかばかしいので、自分でやることにした。

電池を交換するためには、直径一・五センチの蓋のねじを取り外さなければならない。ところが腱鞘炎を患っているせいで、取り外したねじを床に落としてしまった。眼鏡をはずして四つん這いになり、机の下でやっと見つけたが、拾い上げるのに一苦労。

机の脚に捉まってやっと立ち上がり、ねじをはめるまでに三〇分以上かかった（次の時は五〇〇円払うことにしよう）。

いまやスマホのアプリを利用すれば、万歩計は不要なご時世だが、私は徘徊の際には（落とすと厄介なので）スマホは持ち歩かないことにしているので、これから先も旧来の万歩計を使い続けるつもりである。

電子決済を利用するのは、一〇年以上前から使っているスイカだけである。しかしハナマサやビッグAではスイカが使えないので、フェンディの小銭入れ（多分偽物）を愛用してきた。ところがチャックが閉まりにくくなったので、近所の小間物店に新しいものを買いに行った。しかし、旧来の小銭入れは売っていなかった。仕方がないので、抽出しの奥から以前使っていたヴァレンチノ（多分これも偽物）を引っ張り出した。

三つめは長く愛用していた、おしゃれシャツのほころびの修理である。初めのうちは、なに食わぬ顔で着用していたが、次第にほころびが拡大した。ミシンがあれば自分で修復できる程度のほころびだが、断捨離の際にミシンを廃棄してしまった。

近所の修理専門店で訊ねたところ、購入した値段と同じくらいお金がかかることもあるとやら。“To repair or not to repair: that is the question”。

このように、コロナのおかげで困ることはいろいろあるが、いいことがないわけではない。一つはランチのテイクアウト・サービスが増えたことである。

老人が一人でレストランに入るのは気が重い。四人掛けのテーブルを一人で占拠するのは申し訳ないし、機嫌が悪い人と相席になるのはごめんだ。マスクを外さずに食べることは出来ないから、コロナ感染リスクが高まる。

それだけではない。ランチ定食は割安だが、老人には量が多すぎる。全部食べれば太るし、食べ残すのはもったいない。そこで時折プラスチック容器を持参して食べ残しを持ち帰り、夕方ワインとともに食べていたが、何となくいじましい感じが残った。

しかしコロナの影響で、テイクアウト・サービスが普及したので、この悩みは解決された。

特に二五年前に錦糸町に引っ越して以来、しばしば妻とともに訪れたてんぷら屋「前山」の八〇〇円天丼は絶品である。

食べ残すのはマスターに申し訳ないので、いつも完食していたが、テイクアウト・サービスのおかげで、容器代一〇〇円を払えば、出来立ての天丼を家でゆっくり食べることが出来るようになった。半分を仏壇に供え、半分を昼に食べ、夕方日本酒を飲みながら妻に断って半分食べると、幸せな気持ちになる。

残念なことに前山さんは、八月に入って間もなく閉店してしまった。私より二つ年下のマスターは、二年前に軽度の脳梗塞を患ってから体調が思わしくなかったようだが、コロナの影響で客足が遠のいたので、このあたりが潮時だと判断したそうだ。

天ぷら屋の跡地に出現したのは、コインランドリーである。わが家の一〇年物の洗濯機が壊れたときのために見学しようと思ったが、入り口に段差があるので見合わせた

最近は毎日のように、デリバリー・サービスのチラシが入る。ピッツア、かつ丼、お寿司、てんぷら定食、ステーキ丼などなど。しかし一人前は頼みにくいので、またまた“To order or not to order: that is the question”。

嬉しいのは、近所に奇妙な酒屋がオープンしたことである。ある日ためしに覗いたところ、サントリーのブランデーVSOPが一〇〇〇円（税込み）で売られていたので、二本買いこんだ。普通の店では二〇〇〇円くらいする品物である。

ちびちびやっていたところ、一本空になったので、再びそのお店に出かけた。ところがお目当てのＶＳＯＰは見当たらなかった。いつ入荷するか訊ねたところ、リッカー・ボーイは良く分からないと仰る。仕方がないので、二階堂のむぎ焼酎「吉四六」を一〇〇〇円（税金込み）で購入した。これまた、普通のお店では二〇〇〇円くらいする商品である。

その後時折このお店を覗いていたところ、ＶＳＯＰより二ランク上のＸＯが一八〇〇円で売られていた。レミーマルタンやカミュのナポレオン（二万五〇〇〇円以上）の一〇分の一以下で、わがサントリーの最高級ブランデーが手に入ったのである。

「これをもう一本いただけませんか」

「棚に並んでいるものしかありません」

「次にいつごろ入荷しますか」

「分かりません」

「取り寄せてもらえませんか」

「お取り寄せは出来ません」

「おたくは不思議なお店ですね」

「うちは安値で買い取った商品を扱っているのです」

「なるほど。お中元やお歳暮歳でもらった高級品を売りに来るお客さんから、安く買い取るのですね」

「そういうケースもございますが、廃業したバーやクラブから買い取る方が多いです」

「コロナで倒産するバーが多いほど、オタクがもうかるというわけですか」

「その通りです」

「コロナ禍が終息すると、オタクはつぶれるということですか」

「――――」

という次第で、私は毎週一回この店を訪れ、一八年もののバランタインやシーバス・リーガルなどを買い込んでいる。

お酒についてもう一つ。ある日メールボックスに、大手ワイン輸入業者のチラシが入っていた。金印のフランス・ワイン一ダースを定価の半額、すなわち九九八〇円（プラスタックス）で提供するという。

〝定価の半額〟という言葉に弱いのが、私の欠点である。だからなるべくチラシは見ないことにしているのだが、この時は魔がさした。

届いたワインは、定価が一本一五〇〇円から二〇〇〇円程度のものだが、普段飲んでいるハナマサのチリワイン（五〇〇円程度）とあまり違わない。そういえば、リッチマンである元政府高官は言っていた。「新年会の時には、来客にハナマサのワインを出している。どうせ誰にも違いは分からないから」と。

暗くなるまでお酒には手を出さない、ワインや日本酒は一日二合まで、ビールは小・二缶まで（アルコール摂取量は五〇ミリリットルまで）、というルールを守っているので、いまや家の中はブランデー、ウィスキーのほかに、ビール、ワイン、日本酒、焼酎、ウォッカなどが溢れている。

2　愉快な介護予防施設

私は二年ほど前から週に二回、〝一〇〇歳まで歩こう〟が謳い文句の介護予防施設に通って、体力の維持、特に歩行速度の維持に努めてきた。買い物に行くときに横断する「蔵前通り」や「四ッ目通り」を、信号が点滅を開始する前に渡り切りたいからである。

傘寿老人の歩行速度は、時速三キロ程度である。これ以上速度を上げると転倒する恐れがあるので、無理をしないよう自制している。しかし歩行ベルト上で手すりに摑まって歩けば、時速四・二キロまでなら何とかなる。

二年前に（軽度の）肺気腫と診断されたが、今のところ、二時間半運動しても息切れすることはない。また早朝徘徊とスクワットのおかげで、脚の筋肉量はそれほど減っていないようだ。

問題は脚の回転速度が落ちたことである。若いころにやったラグビーの後遺症で、腰の骨がすり減っているために、体のバランスが取れないのが原因である。片脚立ちは三秒くらいしか続かない。手術すればよくなるかもしれないが、失敗すると車いす生活になるリスクがあるので、ずるずると先に延ばしている。

昨年の暮れまでは、毎週一〜二回マッサージを受けていたので、少しばかり足腰の調子が改善されたが、お世話になっていたマッサージ師が突然辞めてしまった。代わりにやってきたのは、前任者と違って気心が知れない〝おあにいさん〟なので、しばらく足が遠のいたところ、年明けにお店がつぶれてしまった。

以後コロナ感染を避けるため、マッサージは受けずに、モーラス・テープに頼りながら一年以上が経過した（腱鞘炎のせいで、腰にペタンと貼り付けるのに苦労している）。このため痛みは徐々に悪化した。

ところが介護予防施設に置いてあった、すりこぎ状の電動マッサージ機を買ってきて、朝夕一〇分ほど足腰をゴリゴリやったところ、痛みが少し軽減された。また理学療法士に教わった、お尻の筋肉を伸ばす体操を組み合わせた結果、症状はさらに改善された。というわけで、ヒョロヒョロながら、ルンルン気分で徘徊兼買い物を続けている。

一〇年前に車を処分し、古希を迎える前に免許証を返上した老人が、今も独り暮らしすることが出来るのは、平坦な住宅密集地に住んでいるからである。

海抜ゼロメートル地帯は、地震や洪水の際には逃げ場がない危険地帯である。しかし平時はとても住みやすいところである。坂道が多く歩道が狭いところでは、週七万歩のノルマ達成は不可能だし、至る所に監視カメラが設置されているので、追剥や恐喝に遭うリスクは少ない。また人口密度が低く、高齢者が少ない土地では、介護予防施設の経営は成り立たない。

免許証を返上して二年ほどしたころ、八七歳の老人が池袋で車を暴走させて、母と娘をひき殺す事件が起こった。テレビに映った老人は、私と同様杖を突いていた（しかも二本も！）。

その後、暴走老人は「経産省・工業技術院」の院長を務めた人物であることが報じられた。東大工学部・応用物理学科の一〇年先輩にあたる人物で、筑波大に勤めていた時に、何回かお目に掛かったことがある。

華麗な現役生活を送った人が、人生の最終段階でこのような事故を起こし、〝終わり良ければすべてよし〟とは真逆の一生を締め括ることになったのである。

都内に住んでいれば、日常生活に車は不要である。どうしても必要なときはタクシーに乗ればいい。実は私も七〇歳を超えるころから、高速道路を逆走しそうになったことがあるし、首都高に乗るたびにレーンチェンジに苦労していた。だから（本人は否定しているが）八七歳になれば、ブレーキとアクセルを踏み間違えることは十分ありうる。

自分であってもおかしくなかったと思うにつけても、文化放送の名物番組『おやじパッション』の伊東四朗氏のアドバイスに従って、早めに免許を返上しておいてよかった、と思うのである。

脱線してしまったが、介護予防施設に通っているのは、七〇代後半から八〇代半ばまでの、要支援一から要介護三までの約三〇人（週に五日、午前の部と午後の部で、合計延べ三〇〇人弱）の老人である。

脳梗塞や交通事故の後遺症で、運動機能に問題を抱える老人がほとんどであるが、大多数はひとまず元気そうである（元気でなければ、こんなところに来る気にならないだろう）。

中にはかなり認知症が進んだ人もいる。名前を呼ばれても返事がない六〇代のおじさん、手すりにつかまって一五分ほど歩行練習した後、ボーっとして座っている九二歳のおじいさん、一年の間に別人のようにやせ細ってしまった九〇歳のおばあさん、などなど。

コロナ禍が襲来してからは、マスクを着用したうえで、極力三密にならないように注意しながら体力維持に努めてきた。ところが六月に入って感染者が急増し、近所の病院でクラスターが発生した。

自宅に籠っていればコロナ感染のリスクは減るが、寝たきりリスクが増える。一方運動すれば寝たきりリスクは減るが、感染リスクが増える。私は（特に根拠はないが）、都内の一日当たりの感染者が三五〇人を超えるあたりが分岐点だと判断し、六月と七月は全休した。

預金口座から毎月の利用料金が引き落とされているので、席は確保されていると思っていたのであるが、七月末になって施設の責任者から電話がかかってきた。

「八月もお休みされるのであれば、退所していただくことになりますが、それでよろしいでしょうか」

「それは困ります。利用料金はいつも通り納めていますので、席は確保されると思っていたのですが……」

「丸々一か月間お休みされた場合は、介護保険からの給付金が下りません。あなたが負担されている月々一万三〇〇〇円の料金も、六月分と七月分は引き落とされていないはずです」

「そうとは知りませんでした」

「このところコロナの影響で、閉鎖する介護予防施設が増えていますので、当方への希望者が急増しています。そのようなわけで、後日通所を希望されても、すぐにお引き受けできるとは限りません」

ここで退所させられたら、コロナ禍が終息した時に、受け入れてくれる施設が見つからないかもしれない。

「分かりました。八月から出席します」

『工学部ヒラノ教授の徘徊老人日記』（前出）に書いた通り、約三〇人の老人の中で、連れ合いを亡くした独居老人は、私のほかには九二歳のSさんだけだった。

ところが最近ここに、錦糸町駅前の一等地に十数戸のマンションを所有するリッチマンのマー君（八〇歳）が加わった。

この人は血圧が高いこと以外には特に悪いところはないのだが、週に一回介護予防施設に通って、運動の合間に女性理学療養士に結婚話を持ち掛けている。これは一種のセクハラであるが、八〇代の〝退役〟老人なら許されるのだろうか。

私同様約一〇年前に奥さんを亡くして、独居生活を続けている"Merry Widower"のマー君は、永らくNHKラジオ体操の指導員を務め、二年前には「ブラジル・ラジオ体操四〇周年記念大会」に参加するため、リオに遠征したということだ。

「二〇二八年の五〇周年記念大会の時に、一緒に行かないか」とマー君。

「八年後だと八八歳ですよねぇ。それまで生きているかどうかわからないし、ブラジルまでだと三〇時間近くかかるからちょっと……」

「ワインを飲んで眠っていればすぐに着くよ」

「私は飛行機の中では眠れないのです」

「ビジネス・クラスなら眠れるよ」

「ビジネスだと五〇万円くらいかかるでしょう」

「そんなもんかな」

「半分くらい出してくれますか」

「出せば行くかい？」

「去年パスポートが失効したので……」

すべて前向きなマー君と慎重居士のヒラノ教授。

「また取ればいいじゃないか」

「うーん」

ブラジルは、毎年五万件以上の殺人事件が発生する、南アフリカと並ぶ超危険国だから、たとえ半分出してくれても行く気になれない。

介護予防施設の基本方針は、マイクロバスでドアからドアに送り届けるのが原則だから、本来途中下車は許されないのだが、マー君は血圧が高いのに、帰りのバスを途中下車して、日替わりレストランで、塩分とカロリーがたっぷりの昼食を取っている。ある日「一緒に行かないか」と誘われたが、高カロリー・ランチは避けたいのでお断りした。

もう一人の独居老人であるOさん（九二歳）はとてもシャイな人で、滅多に言葉を発しない。しかし私が独居老人であることを知ってから、日常生活について話してくれるようになった。

横浜に住んでいる息子さんが、月に一回くらい様子を見に来てくれるそうだが、普段は私同様、誰の手も借りずに一人で暮らしている。食事は毎晩宅配弁当業者から、五〇〇円の出前弁当を取って食べているという。

私の妻も一五年ほど前に、セブンイレブンの宅配サービスを利用していたが、一〇〇〇円以下では配達してくれないので、食べきれないほど注文していた（余った分は私が食べた）。また配達時間にムラがあるので、車いす生活者にとっては不都合が多かった。

しかし今では、多くの業者が競合しているので、五〇〇円でも時間通りに配達してくれるということだ。

『工学部ヒラノ教授の徘徊老人日記』で紹介した、元計算機会社の営業マンで、のちにコンピューター関連企業の経営者になったSさん（七八歳）、元薬品会社勤務の薬剤師Hさん（八〇歳）、元機械メーカー勤務のエンジニアYさん（八二歳）、元金属工場経営者で町内会長を務めたOさん（八〇歳）とは、毎週他愛のないおしゃべりを楽しんでいる。

週二回のおしゃべりの機会を逃したくない独居老人は、コロナ感染を心配しながらほぼ皆勤していた。ただし、都内のコロナ感染者が一日当たり四〇〇人を超えたら、お休みしたほうがいいかもしれない、と思っていたところ、あっという間に一〇〇〇人の大台を超えてしまった。

昨年二人の親友を喪ったうえに、学生時代以来五〇年に及ぶ盟友と疎遠になった私にとって、この四人とは車いす生活にならない限りお付き合いしたいものである。

若いころに交通事故にあって九死に一生を得たSさんは、二週間に一回区立図書館から二〇冊の本を借り出す読書家にして、ＮＨＫの有料見放題サービスに加入して、過去の朝ドラ（一編につき約二〇時間）を次々と完全鑑賞した上に、アマゾンのプライム会員として、映画やドラマを見まくっている。

奥さんともどもトランプ前大統領が大嫌い、政治的には中道、どちらかと言えば左で、暗いドラマやオカルト映画が嫌いというところが、私と共通しているＳさんは、ＮＨＫの見放題サービスに加入するよう熱心に勧めてくれる。

しかしこれに入ったら最後、日がな一日映画とドラマを見て暮らすことになるので、好きなもの（ギャンブル、美食など）には手を出さないことをモットーとしてきたヒラノ教授は、加入をためらっている。

学生時代にパチンコにはまったとき、私は自分にはギャンブル依存症の傾向があることに気が付いた。だから友人に誘われても、競馬や競輪には近づかなかったし、マージャンに誘われてもたかだか週に一回、半荘四回程度で切り上げた（友人の中には、一年三六六日雀荘に入り浸っている人がいた）。

またゲームに関しては、ドンキー・コングとタマゴッチくらいはやったが、テレビゲームには手を出さなかった。これにはまったら、無限に時間を吸い取られると思ったからである。

つまり私は、〝君子危うきに近寄らず〟をモットーとして、大好きなことには手を出さなかったのである。

Sさんは小諸にある別荘で採れた野菜（ジャガイモ、ナスなど）、学生時代の友人から贈られたシャイン・マスカット、そして自家製の無添加オレンジ・ママレード、ガリ（ショウガの超薄切りを甘酢に漬けたもの）などをプレゼントしてくれた。

また腱鞘炎を患う私が苦労している瓶のふたの開け方、ラッキョウの漬け方、栗の皮の剥き方などを教えて下さった。

数々のサービスに対するこちらからのお返しは、年に二冊のペースで刊行される「工学部ヒラノ教授」シリーズと、お勧め漫画情報だけである。

「ヒラノ教授シリーズ」は、工学部関係者以外は誰も知らない「工学部」の実態を、文系エリート諸氏に知ってもらうためのシリーズであるが、Sさんはそのかなりの部分を区立図書館から借り出して読破した奇特な老人である（図書館で借りるのではなく、本屋さんで買ってくれれば嬉しいが、私と同様滅多に新刊を買わない御仁である）。

漫画については、私が勧めた手塚治虫の『アドルフに告ぐ』と浦沢直樹の『MONSTER』を読んだSさんは、漫画に対する考え方が完全に変わったと言っている。

子供のころ漫画少年だった私は、手塚治虫が亡くなった後、講談社が出版した『手塚治虫全集』（全四〇〇巻）の半分以上を購入し、八ヶ岳の別荘に保管している。私自身はこれから先別荘を訪れる機会はなさそうだが、孫たちが楽しんでくれるのでうれしい。ただし近親相姦を扱った『奇子（あやこ）』のようなきわどいものは、自宅で保管している（ご存じない読者も多いと思われるが、手塚漫画にはきわどいものが沢山ある）。

筑波の自宅でブドウやキウイを栽培している息子から果物パッケージが届いたら、Sさんにおすそ分けしようと思っているのだが、夏の猛暑と秋の長雨のおかげで、昨年は全くの不作だったので見合わせざるを得なかった。

薬剤師のHさんは、すい臓を切除した上に、パーキンソン病を患う要介護四の奥さんの面倒を見ているスーパー老人である。六〇代のうちに妻の介護を卒業した私と違って、八〇代に入ってからの介護は辛いだろう。

近所に住むお子さんたちとヘルパーさんの支援の下で、何とかやりくりしているようだが、パンクしないことを願うばかりである。

Hさんはトランプが大嫌いで相撲が大好きである。またHさんの息子さんは、日比谷高校の後輩である。私がHさんと話が合うのは、このためである。メンバーの中では珍しい、理工系大学出身者であるHさんとは、会員制のレストランで会食する約束をしていたが、コロナの影響で延び延びになっている。

元機械メーカーのエンジニアであるYさんは、高校を卒業して以来、三年前（七九歳のとき）

に労災事故に遭って足の骨を折るまで働き続けた苦労人である。この人は、心臓にトラブルを抱える奥さんに代わって、炊事・掃除・洗濯など家事一切を引き受けている。私の知り合いの中で、この人以上に奥さん孝行の人はいない。

自宅で妻を介護していた数年間、私は週末に様々な料理にチャレンジした。定番メニューはビーフ・カレー、トマト・シチュー、チャーハン、マーボー豆腐、豚肉の生姜焼き、豚バラ白菜、親子丼、かつ丼、うな丼、タヌキそば、焼きそば、野菜ラーメン、おでん、スパゲッティなどである。これらは妻が元気だったころに、よく作ってくれたものである。

四〜五年にわたって毎週二回台所に立ったおかげで、料理の腕はDクラスからBマイナスクラスまで上達した（と思っていた）。

『工学部ヒラノ教授の介護日誌』（青土社、二〇一六）でこの件について自慢したところ、ヒラノ教授は料理の達人だと思った読者がおられたようだ。

ところが、それから一〇年余りを経た現在、かつてはBマイナス級だった料理の腕は、Cマイナス級に落ちてしまった。食べるのは自分だけだからである。

独り暮らしになって間もないころは、明日は何を食べようか悩むことが多かったが、最近そのようなことは少なくなった。今日の残り物に火を加え、固形スープ（卵スープ、トマト・スープなど）にお湯を注いで出来上がりである。

残り物とは、昨日もしくは一昨日のお昼に作ったポーク・カレー、トマト・シチュー、マーボー豆腐、豚バラ白菜、卵サンドなどである。大量に作ったカレーやシチューは、三日間食べ続けることもあるが、四日目（七二時間後）には廃棄する。夏の間は四八時間以内に廃棄する。日本人は、毎日おむすび一つに相当する食料品を廃棄しているということだが、ヒラノ老人は恥ずかしながら、少なくともその二倍以上廃棄している。

ここ五年間このような生活を続けて来たが、一度も食あたりしたことはない（何かおかしいなと思った時には、正露丸を一～二錠服用するからである）。

食料品について気になるのは、国外で生産されたものの扱いである。特に心配なのは、中国産のウナギや野菜、アメリカ産の牛肉と遺伝子組み換え食品である。

これらの食品は極力買わないようにしているが、国産品と比べて値段が半分以下の場合、例えばラッキョウ漬け、ニンニクなどは、「同じものを定常的かつ大量に食べなければ大丈夫。中国人は意外と長生きですよ」という物知り博士の長男の言葉を信じて、時折買ってしまう。

考えてみれば、コンビニ弁当はもちろん、高級中華料理店の具材にも、たっぷり中国産の食材が入っているし、マクドナルドのハンバーガーは、アメリカ産の安い牛肉を使っているにちがいない。

しかし、毎日ビッグマックを食べ続けたトランプ前大統領が、七四歳になる現在も健康に問題がないことからすれば、生まれつき体が丈夫な人は、好きなものを食べても、（大量に食べなければ）長生きできるのではなかろうか。

また国産の食料品だからと言っても、安全とは限らない。発がん性がある添加物が入っている食品はたくさんあるし、カレーやシチューのルーには、飽和脂肪が沢山含まれている。また（どのような餌を食べていたか不明な）中国産のウナギを何週間か日本で育てると、日本産ウナギの扱いを受けるという。

八〇年間生きた人間は先が短いから、あまり心配しても仕方がないと考え、少しずつバランスよく食べるよう心掛けている。

食事よりはるかに悩ましいのは、冬の間の入浴である。独り暮らしの老人にとって、入浴は危険が一杯である。転倒して骨折（→寝たきり）、ヒートショック（心臓麻痺、脳出血）、溺死。これらが原因で命を失う人は、年間一万八〇〇〇人（一日五〇人！）に上るという。

危険だからと言って、週に二回くらいは体を洗わないと、自分でも匂いが気になる。大腸憩室で大下血を起こして救急車で運ばれるとき、あまりに臭いと恥ずかしい。という次第で、毎日"To bathe or not to bathe"で悩んでいる。

要支援老人は見守りサービス（三〇〇〇円程度）を利用すれば、安心してお風呂に入ることが出来るが、これまでのところは、週に二回のシャワーで済ませている。シャワーなら溺死する心配はないし、あらかじめ熱湯シャワーで浴室を温めておけば、ヒートショック・リスクは大幅に軽減されるはずだ。

久しぶりに、少し真面目に料理に取り組むようになったのは、介護予防施設で親しくなったS氏とのやりとりのあとである。

「ヒラノさんは八ヶ岳の別荘には行かないのですか」

「女房がいなくなってから行ったのは一回だけです。それも友人の別荘で二泊した帰りに、一～二時間立ち寄っただけです」

「それはもったいないですね」

「その代わり息子たちが年に何回も行っています。時折一緒に行かないかと誘われますが、長男のところには子供が四人もいるので、ぎゅうぎゅう詰めの車に割り込む気にはなれません。それに道路が渋滞していると、オシッコの問題があります。孫たちが見ているところで、尿瓶を使うのはどうも。だからと言って、一人で汽車に乗って行く元気はありません。雨が降って霧が出てくると、山荘での一人暮らしは惨めですからね。毎回断ったせいで、最近は誘われなくなりました」

「それでは来年の夏コロナが終息していたら、小諸にある私の別荘に行きませんか」

「ありがとうございます。考えてみます」

一人では別荘に行く気にはなれないが、Sさん夫妻と一緒なら楽しいかもしれない。Sさんによれば、奥さんはなかなかのインテリで、（亡き妻同様）編み物、数独パズル、ミステリー好きで料理上手のようだ。

S夫人の手料理をご馳走になって、涼しい別荘で二〜三日過ごせば、元気が出るかもしれない、と思ったところ、S氏は恐ろしい言葉を発した。

『『工学部ヒラノ教授の介護日誌』（青土社、二〇一六）を読んだ女房は、ヒラノ先生の料理をご馳走になりたいと言っていますよ」

「まさか！　このところあまり料理を作らないので、腕が落ちてしまいました」

〝腕が落ちたと言えば聞こえがいいが、もともとろくなものを作っていなかった！〞。

「女房は自転車と同じで、一度身に着いた料理の腕は簡単には落ちないと言っていますよ」

「もう一〇年近くさぼっていますので、元の木阿弥でしょう」

「そう言わずに」

「考えてみます」

家に戻った私はつらつら考えた。料理上手な奥様に、妙なものを食べさせるわけにはいかない。しかし賢婦人が招待客に、二回も三回も料理を作らせることはあり得ない。二泊三日としても、一回作れば十分なはずだ。

一回だけなら、しばしば作っているカレーで決まりだ。インターネットで本格カレーのレシピを調べて何回かトライし、その中でもっともおいしいものを作ればいい。材料はどこでも手に入るものを選ぶ。また特殊な調味料は持参すればいい。

というわけで早速何回か試作して見たが、あまりおいしくない。そもそも私の舌は、ハウス・ジャワカレーの中辛に慣れ切っているから、ファンシーなカレーよりこちらの方があっている。ちなみに、これまで食べたカレーの中で一番おいしかったのは、「新宿・中村屋」のチキンカレーである。

そこで何回かスペシャル・カレーにチャレンジして、うまくできたらそれで決まり。うまくできなかった場合は、妻が食べ物にうるさい次男のために常備していた、中村屋のレトルト・チキンカレーと、付け合わせの薬味（ラッキョウ、福神漬け、紅ショウガなど）を持参することにした。

新宿本店で食べるものに比べると若干落ちるが、ジャワカレーよりずっとおいしい。包丁さばきも見られずに済む。

S夫妻は反則だと思うかもしれないが、おいしくないものを食べさせられるよりましだろう。これで細工は流々だが、果たして夏までにコロナ禍は収まっているだろうか。また一人で汽車に乗って小諸まで行く体力は残っているだろうか。

介護予防施設に通っている老人は、身体的にはトラブルを抱えていても、経済的には恵まれた人が多い。特に東京下町大空襲で焼け野原になった墨田区で、戦後間もない頃から商工業を営んできた人たちは、引退後は広い土地に賃貸マンションを建てて、リッチな生活を楽しんでいる。

以下は、長年墨田区で最も大きな青果商を営んだ功績で、天皇陛下から表彰されたことが自慢のOさんとの会話である。

「今年もさんまが不漁だそうですね」

「先週三回食べたよ」

「ナマのサンマですか?」

「冷凍ものなんか食べないよ」

「ナマはとても高いと聞いていますが」

「高島屋で一尾八〇〇円だった」

「へえー。八〇〇円なら吉野家の牛丼が二杯食べられますね」

「そうだね。高島屋のエビ・カニ・アワビ・イクラ弁当もうまかったな」

「いくらしました？」

「三五〇〇円」

「リッチですね」

「息子から毎月一〇万円ずつ小遣いを貰っているからね」

「息子さんはどんな仕事をされているのですか」

「M社の中国本社の社長」

「なるほど。昨晩は何を食べました？」

「「煉瓦亭」のかつ丼。明日は孫たちが来るから、マツタケの炊き込みご飯」

Oさんは要介護四の車いす生活ながら、週に五回介護予防施設に通い、毎週場外馬券売り場に出かける〝お殿様〟である。人柄がいいので、豪華ディナーを自慢しても全く嫌味がない。しかし多くの資産があって、息子から毎月一〇万円の給付金を貰っていても、住民税の対象になる収入はないから、実費の一割負担で介護予防施設に通っているのは釈然としない。

Oさん以外にもリッチマンは多い。以下は現役時代に金属関係の町工場を営んでいたHさんとの、歩行ベルト上での会話である。

「土・日以外は、娘と孫たちが夕食を食べにくるので大変なんだよ」

「毎晩ですか？」

「昨日はオレが女房と娘と孫三人分のオムライスを作ったんだよ」

「お孫さんはもう大人でしょう」

「一番上は東大経済学部の二年生。下の二人は私立の中・高一貫校」

「それじゃあお金がかかりますね」

「娘の連れ合いは銀行の支店長だから、その心配はないらしい」

「娘さんはお仕事をしているのですか？」

「しばらく前まで広告代理店に勤めていたが、今は専業主婦」

「毎晩親の家に、家族全員で晩飯を食べにくる専業主婦ですか？」

「孫たちが、おばあちゃんの料理の方がおいしいと言うんだよ」

「へーえ」

しばらくスマホを操作していたOさんは、「これが、金婚式の時の記念写真だよ」と言って、奥さんと並んだ写真を見せてくれた。

「若くて美人ですね」

「頭もいいんだよ。おかげで長男は早稲田、長女は学習院」

「羨ましいですね」

あっけらかんと家族自慢するところは、まことにほほえましい。

世の中には、このように恵まれた老人がいる一方で、学校給食が中止になったので、昼ご飯を食べられない子供たちもいる。親からの仕送りが減ったうえに、アルバイト口もないので、月五万円で暮らしている大学生も多いという。またコロナ前から苦労していたシングル・マザーは、とても大変らしい。

かつて〝一億総中流〟という言葉が流行したわが国は、いつの間にか見事な格差社会になってしまった。そしてコロナ禍の中で、格差は一層拡大している。

格差拡大の責任者の一人である経団連会長は、「日本はいつの間にか低賃金国になってしまった」と発言して顰蹙を買ったが、ここ二〇年の間に、大企業経営者の報酬が三倍以上になったことを知る人は、経団連会長のモラルのなさに呆れただろう。

格差拡大の影響で、若い女性の自殺者が増えているということだが、コロナ禍の中で、大勢の有名人が亡くなった。

誰でも知っている人としては、志村けん、弘田三枝子、岡江久美子、梓みちよ、宮城まり子、竹内結子、渡哲也、田中邦衛などの芸能人。坪内祐三、外山滋比古、半藤一利、山崎正和らの言論人。高田賢三、山本寛斎などのデザイナー。なかにし礼、古井由吉、別役実などの作家。赤崎勇、小柴昌俊、有馬朗人などの学者。筒美京平、中村泰士などの作曲家。そして映画監督の大林宣彦。

平均寿命を超えた方々は、天寿を全うしたというべきだろう。しかし、八〇歳を超えても現役だった人たちの死は惜しまれる。特に私と同じ一九四〇年生まれで、半世紀以上にわたって数々の名曲を作曲・編曲した筒美京平が亡くなったときは、大ショックを受けた。

ヴェルディ、プッチーニ、モーツァルトがいなければ、私がオペラマニアにならなかったのと同様、いずみたく、筒美京平、平尾昌晃、船村徹などの作曲家と、阿久悠、星野哲郎、なかにし礼、松本隆などの作詞家、そして井上陽水、桑田佳祐、谷村新司、中島みゆき、ユーミン、吉田拓郎などのシンガーソングライターがいなければ、歌謡曲やJポップスに深入りすることはなかっただろう。

日本の歌謡曲やポピュラー音楽は、六〇年代半ば（つまりビートルズ）以降目覚ましい発展を遂げ、一九七〇年代には世界レベルに達した（と私は思っている）。作詞、作曲、編曲の三拍子そろった歌を、名歌手たちが歌った七〇年代、八〇年代は、歌謡曲やJポップの黄金時代である（六〇年代より前の歌謡曲にも、優れたものはあるが）。

三年間のアメリカ留学を終えて、一九七一年に日本に戻ったとき、私はラジオから流れてきた南沙織のデビュー曲『一七歳』を耳にして、どこかで聴いたことがあるような気がした。

随分後になって知ったことだが、あるオーディション番組で、リン・アンダーソンの『ローズ・ガーデン』を歌った娘のために、同じような歌を作ってほしい、というプロデューサーの依頼を受けて、有馬美恵子が詞を作り、筒美京平が作曲したのが『一七歳』なのである。『ローズ・ガーデン』の出だし部分の、「I beg your pardon♬」と『一七歳』の冒頭部分の「誰もいない海♬」は、よく似ている（しかし盗作ではない）。

つまり筒美京平は一九七〇年代初めに、アメリカでヒットした歌と遜色ない歌を作っていたのである。また筒美と協力して、半世紀以上にわたって名曲を送り出してきた松本隆は、二一世紀に入ってシューベルトの歌曲集『冬の旅』、『美しき水車小屋の娘』、『白鳥の歌』の日本語訳を完成させた。松本は阿久悠を最大のライバルと見ていたそうだが、シューベルトの訳詞で阿久悠を抜いたのではなかろうか。

松本隆の盟友である筒美京平に、ライバルは誰ですかと訊ねたら、桑田佳祐と言っただろうか、中島みゆきと言っただろうか、それともシューベルトと言っただろうか。

私はポップス、ジャズ、ロック、カントリー、R&B、フュージョンなどなんでも聴くが、ラップはNGである。意味不明な歌詞、貧弱なメロディー、素人プラス・アルファの若者たちが歌うラップがラジオから流れてくると、すぐにスイッチを他局に回す。ところがそこでもまたラップ。

一時的な流行で終わるかと思ったら、さにあらず。ますます流行している。しかし一般の人がカラオケで歌えないような歌が、長く生き残ることは出来るだろうか。

3　漫画狂のおやじ

ストーリー漫画の元祖・手塚治虫が亡くなったのは、昭和最後の年である。死の床で、「もう一〇〇冊分は書く材料がある」と言い残したそうだが、私はこれで漫画との付き合いは終わりだと思った。

ところがその後、浦沢直樹、萩尾望都、弘兼憲史、山岸凉子、山下和美をはじめとする優れた作家のおかげで、漫画との付き合いが続いている。

母から「漫画を読むとバカになる」と言われながらも、小学生時代は、横山隆一、横井福次郎、手塚治虫などの漫画を、中学時代は小池朝雄、平田弘史などの劇画を愛読した。

ところが高校受験に失敗したころを境に、漫画を読まなくなった。大学に入ってからも、ほとんど漫画を読まなかった。漫画はひとたび遠ざかると、なかなか戻るチャンスがない。

漫画の代わりに、中央公論社が毎月二冊ずつ刊行する世界文学全集で、ロシア文学、フランス文学、ドイツ文学を読んだ。全五四巻の半分以上読んだはずだ（ほとんど忘れてしまったが）。また日本文学も人並みに読んだ。

ところが工学部に進学してからは、月曜から土曜の朝八時から夕方五時まで講義や実験があったので、小説や漫画を読んでいる時間はなくなった。

一般的に言って工学部の学生は、自分が思いのままにコントロールできる機械や電気が好きで、思いのままにならない人間には関心がない。だからあまり映画は見ないし、小説も読まない。

一方映画や小説が好きな私は、理系科目の中で数学だけは得意だったが、数学者が務まるほどの才能はなかった。物理と化学はあまり好きではなかったし、機械、電気は全くダメ、図画・工作は大の苦手ときている。このような人間はどの学科に進めばいいのか。

あらゆる可能性を探った結果、工学部の保守本流である土・機・電・化（土木、機械、電気、化学）グループの学生から、〝その他もろもろ工学科（何をやっているのかよく分からない学科）〟と蔑まれている「応用物理学科」の「数理工学コース」という穴場を発見した。

数理工学コースは、数学的手法を用いて、社会・産業上の問題の解決を目指す学科である。当時大発展中だった「オペレーションズ・リサーチ（ＯＲ）」のチャンピオンである森口繁一教授のプレゼンテーションを聴いた私は、「ここだ、ここしかない」と直感した。

この判断は正しかった。数理工学コースで森口教授に師事した私は、以後半世紀にわたってORの専門家として過ごすことになったのである。

漫画に復帰したのは、四〇代後半になってからである。毎週愛読していた『週刊文春』に連載された、手塚治虫の『アドルフに告ぐ』、赤塚不二夫の『ギャグゲリラ』、『中央公論』に連載された藤子不二雄Ⓐの『笑ゥせぇるすまん』に出会ったのがきっかけである。

そして、五〇代半ばに錦糸町に引っ越してからは、漫画中毒おやじになった。口うるさい母はすでにこの世にいなかったし、妻は夫の趣味に口を出さなかったから、暇さえあれば漫画を読んでいた。

今や漫画を馬鹿にする人は少なくなったが、東工大の同僚の中には、私が漫画愛好家だということを知ると、変な奴だと思う人が多かった。

私は声を大にして言いたい。「日本の漫画は、ありきたりな純文学作品よりずっと面白い」と。小説家になっても十分活躍できたはずの人たちが、絵の才能もあったために、（純文学より高い収入が得られる）漫画に流れたのではなかろうか。

毎月『文藝春秋』誌を購読している関係で、芥川賞受賞作は二つに一つは読んでいるが、最近の受賞作で感心したのは、羽田圭介の『スクラップ・アンド・ビルド』と村田沙耶香の『コンビニ人間』くらいである。

若竹千佐子の『おらおらでひとりいぐも』や又吉直樹の『火花』は、評判ほどの面白くなかったし、遠野遥の『破局』は、主人公があまりにもモラルがないので、最後まで読むことは出来なかった。また宇佐美りんの『推し、燃ゆ』も、いまだに読了できない。

七〇代に入って始めて小説を書いたという黒田夏子の、横書き・ほとんどひらがな文の『ａｂさんご』は、縦書き・漢字かなまじりのバージョンが出れば買いたいと思っているが、まだ出ていないようだ（芥川賞選考委員諸氏は、本当にこの作品を読んだのだろうか？？）。

これに対して、漫画週刊誌に長い間連載された漫画には、はずれが少ない。なぜそうかと言えば、芥川賞や直木賞が、出版関係者（玄人筋）が選んだ少数の候補作の中から、何人かの功成り名遂げた大家の合議によって選ばれるのに対して、漫画の世界は権威とは無縁な〝超・競争社会〟だからである。

漫画週刊誌に掲載される二〇編近い漫画は、読者の人気投票で一位から最下位までランク付けされる。そして高ランクの漫画は連載が継続されるが、何回か連続して下位にランク付けされた漫画は、いつの間にか姿を消す。

『「みんなの意見」は案外正しい』（ジェームス・スロウィッキー、角川文庫、二〇〇九）が主張するように、大勢の読者に支持された漫画は、間違いなく面白いのである。

映画も同じである。玄人の評価によって決まる、『キネマ旬報』ベストテンに入る映画はそれなりに面白い。しかし多くの素人（と言っても映画マニア）の〝忌憚のない〟意見で決まる「キネマ旬報の読者によるベストテン」や、Allcinema、Kinenoteなどに投稿される映画マニアたちの批評の方があてになる。

これらのサイトで評判がいいものは、大体において〝あたり〟である。一方プロの批評家は、監督や映画会社に気を使って、本音を書けない場合が多いようだ。

私が中学生だった時代には、津村秀夫（ペンネーム〝Q氏〟）という辛口評論家が、映画会社の意向とかかわりなく、つまらない映画はつまらないと書いた。しかし、テレビの映画番組に登場する解説者（その代表は淀川長治、水野晴夫）は、どのような駄作にもそれなりの評価を与えていた。

映画を作る側は、面白いはずだと思って作っているわけだから、どこかに面白い部分があるのだろうが、現在では面白くない映画を面白くない、と明言する批評家は（私見によれば）数人しかいない。

九〇年代半ばの錦糸町には、私の家から五分以内に三つの古本屋があって、浦沢直樹の『YAWARA!』、『MONSTER』や、弘兼憲史の『課長島耕作』などの漫画を一冊二〇〇円程度で売っていたので全巻まとめて買いこんだ。

そして一回目は、おおよその筋が分かる程度のスピードで、二回目はセリフや絵を見ながらじっくりと、そして時には特に面白かった部分をなめるように読んだ。

また近所の古本屋で、一日遅れの漫画週刊誌が一〇〇円で売られていたので、毎週『週刊モーニング』を愛読した。

二〇〇〇年代に入ると、二ダース以上の週刊漫画雑誌が発行されるようになったが、一冊以上読む時間はなかったので、二日遅れの『週刊モーニング』を買って、暇を見つけて読んでいた。

このころ読んだもので特に面白かったのは、山下和美の『天才柳沢教授の生活』、『不思議な少年』、二ノ宮知子の『のだめカンタービレ』である。

Wikipedia で「天才柳沢教授」を検索すると、

毎朝五時半に起床、九時就寝。世の中のルールを遵守しつつわが道を行く、Y大学経済学部に勤める柳沢教授と、この人とかかわり、または巻き込まれていく家族や友人・知人、通りがかりの人々との心の機微をユニークに扱っている

という記述が見つかる。ヒラノ助教授は、日本OR学会のパーティーで、柳沢教授という〝高潔無比〟な人物のモデルになった、古瀬大六教授（小樽商科大→横浜国立大→東北大→南山大）

と何回か言葉を交わしたことがある。

　山下氏の父親である古瀬教授は、〝分権的意思決定理論〟の研究で博士号を取った人である。この研究は私の留学時代の指導教授である、ジョージ・ダンツィク教授の画期的研究をベースにしたものだったことが縁で、言葉を交わすようになった。

　高名な英文学者の家に生まれた柳沢良則教授は、（漫画の中では）夫の仕事に理解がない専業主婦の奥さんと、父親を敬愛する四人の娘さん（その一人は作者の山下和美）とともに暮らしている。

　おいしいアジの開きのためなら、足を棒にしても歩き続ける。どのようなことがあろうとも、九時までにはベッドに入る。大学での厄介な人間関係から超越し、自分が関心を持つ問題にとことん取り組む。酒やたばこには手を出さず、ギャンブルはやらない。常に道路の右端を歩き、横断歩道以外では絶対に道路を渡らない、という人である。つまり柳沢教授は、稀に見る意志強固な人物なのである。

　一方工学部ヒラノ教授は、資産がない大学助教授の家に生まれ、夫には全く干渉しない専業主婦の妻と、父親を疎んじる三人の子供たちと暮らしていた。

　昼休みに電車に乗って、二駅隣の自由が丘までダロワイヨのアングレーズ（イギリス型食パン）を買いに行く。大学での厄介な人間関係にどっぷりつかり、会議や会食には最後まで付き合う。酒を愛し、二〇回以上禁煙に失敗し、ギャンブルには手を出さない。全く車が通らなければ赤信号でも渡る、という俗物である。

しかし現役引退後は、柳沢教授を見習って毎朝四時に起き、夜は何があっても八時までにベッドに入る。スーパーの安売りのチラシを調べて、「BOSCO」のオリーブ・オイルを二キロ先まで買いにいく。（歩行速度が落ちたので）車が通らなくても赤信号を渡らない、という生活を続けている。

天才柳沢教授の大ファンであるヒラノ教授は、柳沢教授が経済学部教授であることに違和感を覚えた。なぜなら、経済学部教授はゴシップが好きで、意地悪な人が多いからである（個人的経験に基づく見解です）。一方〝人間〟というものにあまり関心がない工学部教授は、総じてゴシップが嫌いである。

なお「工学部ヒラノ教授」シリーズの主人公であるヒラノ教授の〝良則〟というファースト・ネームは、柳沢良則教授の高潔さにあやかりたい、という気持ちの現れである。

この原稿を書くにあたって、柳沢教授の人柄が最もよく表れている一九巻から二四巻までの昭和編を読み返そうと思ったが、廃棄したはずはないのに見つからない。

そこでネットを検索したところ、楽天市場で全三四巻が八八〇〇円で売りに出されていた。一冊につき二五〇円（定価は六六〇円）だからお買い得だが、汚れているかもしれないので、講談社のホームページを調べたところ、文庫版が出ていることが分かった。

　版元の販売部に問い合わせたところ、答えはなんと〝在庫なし・増刷予定なし〟だった。〝「講談社漫画賞」という立派な賞を与えた名作に対して、このような仕打ちを行うのはなぜなんだ！〟。電子書籍でよければ、レンタルで読めるということだが、どうしても紙媒体の本を手に入れたい。

　かくなる上は、楽天で八八〇〇円のセットを買うしかない、と思って再度検索したところ、すでに売り切れだった（拙速を旨とするヒラノ教授の大失策である）。

　なおアマゾンでは、全三四巻が一万五〇〇〇円で売りに出されていたが、ジェフ・ベゾスとは関係を持ちたくないので、区立図書館を探すことにした。近所の図書館にはなくても、東京二三区及び都下の図書館に蔵書があれば、取り寄せてもらえるのである。

　江東区と文京区の図書館にはあったが、漫画は区外には貸し出ししない決まりだという。そこで最後の手段として、アマゾニストの息子に頼んだところ、〝文庫版一二冊セット（うち一〇巻から一二巻までが昭和編）、二八〇〇円プラス送料四五〇円〟という、超・お買い得品を見つけてくれた。

　この原稿を書く合間に昭和編を熟読した私は、十数年前に読んだ時以上に感動した。二〇世紀初頭のアメリカと、敗戦直後の日本を舞台に展開される柳沢青年とアメリカ人将校の全三二る。

話、一二〇〇ページに及ぶ物語は、作者の傑出した構想力とプレゼンテーション力を表してい

緻密な物語構成、魅力的な登場人物、見事な絵の三拍子がそろった昭和編は、『MONSTER』と並ぶ日本漫画を代表する傑作である。脳梗塞の後遺症で、片方の目が見えない状況の中で、山下氏がこのようにすぐれた作品を送り出したことを知った私は、さらに大きな感銘を受けたのである。

また第九六〜九八話の、〝その表情の向こう〟には、分権的意思決定理論に関する柳沢教授のアイディアが、親しい友人O氏に盗まれる話が紹介されている。きわめて具体的かつ詳細な記述から見て、実際にあった事件だと思われるが、柳沢教授が長い学者人生で憎んだのはO氏だけだという。

憎んでもO氏を責めないのが、柳沢教授の偉いところである。O氏は大学社会の階段を上り、ある大学の学長になったが、裏口入学斡旋がばれて失脚。その後O氏は、フランス料理を一から学んで調理師の免許を取る。そして数年後にレストランを開業して、柳沢夫妻を招く……。

留学時代以来、アメリカの論文盗作事件を何回も見聞きしてきたヒラノ教授は、柳沢教授の対処法を知って、〝さすがは柳沢教授〟と唸った。

柳沢教授のように人格高潔で、何にでも興味を持つ教授の指導を受ける学生は幸せである。

東工大の同僚の中にも、何人かこのような大教授がいた。しかし、すべての学生を誠心誠意指導する柳沢教授は、学者としては大きな業績を上げることなく大学生活を終えたのではなかろうか。

柳沢教授のように、多くのことに興味を持つのは、脳みそが委縮していない証拠である。しかししばしば職場を変え、凡庸な学生にもエネルギーを割く柳沢教授は、研究者としては一流になれなかったのではなかろうか。有限の時間の中で、研究者が業績を上げるためには、興味の対象を絞り、そこにエネルギーを集中することが必要なのである。

蛇足ながら、ヒラノ助教授がお付き合いしたころ（小樽商科大学時代）の古瀬教授は、漫画の中の柳沢教授や、テレビドラマで柳沢教授を演じた松本幸四郎のようにかっこよくなかったし、あんなに目が細くはありませんでした（山下氏は、漫画の中の柳沢教授は作者の創作だと述べているが、想像だけで柳沢教授というキャラクターを生み出すことは出来なかっただろう）。

現役時代の私は、定価五〜六〇〇円の新刊漫画を買う経済的余裕があったので、『部長島耕作』、『社長島耕作』、『二〇世紀少年』、『残酷な神が支配する』、『舞姫テレプシコーラ』などは、新刊が出るたびに購入した。

また、浦沢直樹の旧作スポーツ漫画、『YAWARA!』、『Happy!』を購入し、全巻通読した。中大時代には、学生に強く勧められて、バスケット・ボール漫画『スラムダンク』を完読した。

バスケットにはあまり関心がないヒラノ教授にとっては、先の二編ほど面白くなかったが、主人公の名前「桜木花道」を知っていたおかげで、息子のお嫁さんに感心された。

面白かった漫画は数えきれないほどあるが、中級漫画マニアの老人が選んだベストテンは、手塚治虫の『アドルフに告ぐ』、『火の鳥』、『ジャングル大帝』、浦沢直樹の『MONSTER』、『YAWARA!』、『二〇世紀少年』(の前半)、赤塚不二夫の『天才バカボン』、山岸凉子の『舞姫テレプシコーラ』、萩尾望都の『残酷な神が支配する』、山下知美の『天才柳沢教授の生活』である。

『週刊文春』に連載された『アドルフに告ぐ』は、手塚治虫のストーリー漫画の金字塔である。八四年に三浦和義の「ロス疑惑事件」を扱った、「疑惑の銃弾」が『週刊文春』に連載されたときは、どちらを先に読むか迷ったものだ。

また六年間にわたって『ビッグコミック』に連載された、浦沢直樹の『MONSTER』は、『アドルフに告ぐ』に匹敵する傑作で、その面白さはデュマの『モンテ・クリスト伯』や『三銃士』に匹敵する。私はこれらの漫画を通して、冷戦下の東ドイツとチェコ、第二次世界大戦前夜の日本について知った。

戦後間もないころ『少年クラブ』に連載された、横井福次郎の『不思議な国のプッチャー』は、作者が亡くなったために連載中止になった。そのあと小川哲夫が引き継いだ、『冒険児プッチャー』はあまり面白くなかった。

この時以来私は、連載漫画や連載小説を読むときは、作者が途中で死なないことを願っていた（連載終了後に単行本として刊行されたものは、尻切れトンボになる心配がないので、安心して楽しむことが出来た）。

中大に移って間もなく妻の難病が進行し、介護に時間を取られるようになったので、漫画を読んでいる時間が無くなった。その数年後に独居寡夫になったころには、近所の古本屋はTSUTAYAに駆逐されて街角から姿を消したので、一日遅れの漫画週刊誌を買う道は閉ざされた。また年金生活者になってからは、毎週四〇〇円の支出はもったいないと思うようになった。

ますます隆盛を極める漫画界は、次々とヒット作を生み出している。しかし、すでに一〇〇巻を超えようとする『ワンピース』や『こちかめ』に手を出す気にはなれない。それはあたかも、先頭がスタートから三五キロ地点を走っているマラソンに、今から加わろうとするようなものだからである（なおシリーズが完結すれば読む気になるかもしれない）。

今はまだ捨てられずにいる古い名作漫画と、新聞に連載される四コマ漫画を読む程度である。

漫画について書いたからには、合計一億二〇〇〇万部を売り上げ、映画が『千と千尋の神隠し』の観客動員数を上回ったという『鬼滅の刃』について触れないわけにはいかない。

私はまだ『鬼滅の刃』を読んでいない。その理由は『ワンピース』と同様、バスに乗り遅れたからである。また映画を見ないのは、コロナ禍の中、大混雑している映画館に足を運ぶ気になれなかったのと、しばらく前にテレビで見たアニメが（子供向けに作ったせいか）あまり面白くなかったからである。

これから先、テレビで放映されれば見るかも知れないが、大評判になった『君の名は。』や『天気の子』の時のように、失望するのではないかと危惧している。

最近の大学生は小説を読まないが、マンガなら読む（ゲームに熱中して漫画すら読まないという説もあるようだ）。以下は中大時代の卒研学生たちとの、飲み会での会話である。

「君たちは『モンテ・クリスト伯』を知っていますか？」

「？？？」

「知りませんか。友達に密告されて、一四年間無実の罪で監獄に入れられていた、エドモン・ダンテスの物語です」

「『ショーシャンクの空』のような話ですね」

「そうそう」

「死体と入れ替わって脱獄する話ですか？」ともう一人の学生。

「そうです」

「それなら漫画で読みました」

「この小説は、脱獄するまでもさることながら、脱獄後に手に入れた巨大な富の力を利用して、自分を陥れた人たちに復讐する部分が面白いのです」

「ふーん」

私と同世代の子供たちは、子供向けに翻案された世界名作全集を読んでいた。『ああ、無情』、『巌窟王』、『二都物語』、『ノートルダムのせむし男』などなど。どれもとても面白かったが、大人になってからそれらの原作を読んだ時、子供向けの本は子供だましに過ぎないと思った。

ちなみに私が大学生だった昭和三〇年代には、多くの出版社が競って世界文学全集を出していた。最近見かけなくなったのは、一〇〇〇ページ以上ある『戦争と平和』や『カラマーゾフの兄弟』を読もうと考える若者がいなくなったからだろう。読みたいと思っている老人は多いと思われるが、視力と根気の衰えがそれを許さない。

今の子供たちは、ゲームやインターネットに時間を取られて、子供向けの『巌窟王』すら読まない。わずかに漫画やアニメが、現在の若者たちの古典への接点なのである。

かつては「世界文学全集」や「世界の歴史」で、われわれの教養を高める手伝いをしてくれた中央公論社（とは言っても、読売新聞の傘下に入った新社）は、今では「マンガ　日本の古典」文庫（全三二巻）を出版し、累計四四〇万部を売り上げている（現在も次々と新刊が出版されている）。

日本人は留学や長期海外出張に出かける前に、長谷川法世の『源氏物語』（上・中・下）、水木しげるの『今昔物語』（上・下）、石ノ森章太郎の『古事記』などを読んでおけば、外国人の前で恥をかかずに済むだろう。

漫画化現象の極めつけは、『君たちはどう生きるか』（吉野源三郎、一九三七）が三年前に出版されて以来、二〇〇万部を売り上げたことである。

私の母が生きていれば、古典や名著の漫画化を批判するだろう。しかし、本来は読まないはずの人たちが、漫画でこれらの本の存在を知って、原作を読むこともありうるのだから、喜ぶべきことではないだろうか。

今や〝漫画を読むとバカになる〟ではなく、〝漫画を読んで賢くなろう〟、というご時世なのである。

最後に「お前は漫画だけしか読まないのか」という声に対して、「私でも時々は小説を読む」と答えよう。直木賞、ミステリー大賞、本屋大賞を受賞したもの、ブッカー賞の候補になったものなどは、自分の好みにフィットする内容であれば、文庫版が出たところで買っている。文庫版はかさばらないし、読まずに捨ててもあまり罪悪感を覚えないで済むからである。

友人に勧められて読んだ小川洋子の『密やかな結晶』は、もし英語で書かれていれば（つまり小川洋子がイギリス人であれば）ブッカー賞を受賞していたかもしれない。小川洋子の繊細な文章を、英語に翻訳したのは、どこの誰だろう。

外国文学は訳者次第、あるいは訳者と読者の相性次第である。高校時代に手に取った米川正夫訳の『カラマーゾフの兄弟』は晦渋だったので、途中で投げ出した。一方、大学時代に刊行された中央公論社の池田健太郎訳は、（ゾシマ長老の長大講話を除いて）すらすら読めた。

還暦を迎えた後、亀山郁夫の新訳がベストセラーになったとき、「『カラマーゾフ』は歳をとってから読むものだ」という碩学の言葉を思い出して、文庫版五冊をまとめ買いした。

ところが、なかなか読み進まない。そこで池田訳で読もうとしたところ、すでに絶版だったので、墨田区立図書館経由で、小平市の図書館から取り寄せてもらった。結果は◎だった。学生時代同様、ゾシマ長老の長講話を除いて、全五巻を四週間で読み終えることが出来た。

同じロシア文学でも、トルストイの『復活』や『アンナ・カレーニナ』をスムーズに読むことが出来たのは、翻訳者と読者の相性が良かったからだろう。

4　映画マニア老人

漫画と違って映画は単発ものがほとんどで、『ゴッドファーザー』、『エイリアン』、『ターミネーター』などのシリーズものも、たかだか五〜六本止まりである。

中には、『007』や『男はつらいよ』のような長大なシリーズもあるが、これらのシリーズは『オーシャンズ11』や『マトリックス』などと違って、各作品が独立しているので、どこからでも入り込むことが出来る。

「工学部ヒラノ教授」シリーズは、全五〇編を数える『男はつらいよ』シリーズの半分にも届かないが、ワンパターンだという批判にめげずにここまで書き続けてきたのは、私自身がワンパターンものが好きだからである。

最初にワンパターンものにはまったのは、小学生時代に愛読した江戸川乱歩の『怪人二十面相』シリーズと、宇野千代、吉屋信子などの少女小説である。

名探偵・明智小五郎＆小林少年vs怪人二十面相の戦いは、結末は分かっているのに、細部に様々な工夫が施されていて、読むたびにワクワクした。

友達に隠れて読んだ少女小説は、純情な乙女、美しく薄幸なお姉さま、性悪娘が織りなす物語が多く、素敵なお姉さまが神様に召されるときは枕を濡らした。

次にはまったのは『ポパイ』である。ポパイ、オリーブ、ブルートーの三人を中心に、オリーブの兄さんや、いつでもハンバーガーを食べているオヤジなどのわき役、そして毎度おなじみの〝ほうれん草の缶詰〟。

ストーリーは、ポパイ・ザ・セイラーマンと悪役ブルートーの、オリーブをめぐる争いで、ブルートーに痛めつけられているポパイが、ほうれん草を食べると急に強くなり、ブルートーを完膚なきまでにやっつける物語である。

結末は同じであることが分かっていても、これまた途中に様々な仕掛けが施されているので、毎度笑い転げた。

次にはまったのは、一九五九年から一九七一年まで続いたラジオ番組『きのうの続き』である。五分か一〇分のフリートーク番組で、（若かりし頃の）永六輔、青島幸男、大橋巨泉らの才人が、勝手気ままにストーリーを創作し、最後はいつも「今日の話は昨日の続き、今日の続きはまた明日」で締めくくられる、いわば「コント連歌」というような番組だった。

この後もハナ肇とクレイジー・キャッツの『ちょうど時間になりました』や、井上ひさしの『ひょっこりひょうたん島』なども、見ていて飽きなかった。

これ以外にも、ビング・クロスビーとボブ・ホープの『珍道中』シリーズ、ジェリー・ルイスとディーン・マーティンの『底抜け』シリーズ、森繁久彌と小林桂樹の『社長』シリーズ、三國連太郎と西田敏行の『釣りバカ』シリーズなどは、ばかばかしいと思いながら、ついつい見てしまった。

「工学部ヒラノ教授」シリーズは、これらをお手本にしてここまで書き続けてきたわけだが、渥美清の死によって寅さんシリーズが終わったように、このシリーズも間もなく終わるだろう。

なお寅さんシリーズは、二〇一九年に『お帰り寅さん』で復活した。さすが山田洋次監督だけあって、よくできた映画だったが、山田監督は間もなく九〇歳になるから、次が作られる見込みは小さい。

中学時代の私は毎週のように二本立て、三本立てのアメリカ映画を見た。つまりこのころの私は、日本で公開されたほとんどすべての洋画を見ていたのである。高校時代はラグビーと大学受験があったので、月に二回程度に減らしたが、好きな俳優が出ている映画と好きな監督が作った映画は、極力見るようにしていた。

ウィリアム・ワイラー、ビリー・ワイルダー、ジョージ・スティーブンス、キャロル・リード、デビッド・リーンなどが監督した作品や、ゲーリー・クーパー、ヘンリー・フォンダ、ジェームス・スチュワート、ヴィヴィアン・リー、ジェニファー・ジョーンズ、レスリー・キャロンなどが出演した映画はほとんどすべて見た。

一方六〇年代以降のフランス映画は、よほど評判が高いもの以外はパスした。特にヌーベル・バーグ作品は、ルイ・マルの『死刑台のエレベーター』やロベール・ブレッソンの『スリ』などを除くと、わけが分からないものが多く、時間とお金を無駄にした気分になった。

中学時代と違って、高校時代以降は映画バスに置いていかれたが、定年後の一〇年でかなり追いつくことが出来た。

独居老人になって最初にやったことは、様々な事情で見逃した名画や、若いころ良く分からなった映画を集中的に見ることだった。ただし一日一本までという制約を課したので、この一〇年間で見たのはたかだか一〇〇〇本に過ぎない。若いころに見たものを合わせても、トータルで一五〇〇本には届かない。

若いころ友人と、「映画を見て筋が分からなくなったらいやだよなぁ」と言葉を交わしたことがあるが、NHKBSの『名探偵ポアロ』シリーズを見るたびに、ぼけたのではないかと心配になる。しかし若いころも、アガサ・クリスティーのミステリーを読んで、犯人が分かったためしがなかったから、心配しないことにしている。

映画を見る際に参考にするのは、『キネマ旬報ベスト・テン　90回全史1924→2016』（キネマ旬報社、二〇一七）という全八〇〇ページの労作である（定価三四〇〇円は決して高くない）。

この本を調べると、私は一九五〇年代半ばから六〇年代半ばまでの一〇年間、ベストテン一〇本のうち、八本以上見ていたことが分かる。ところが社会人になってからの四〇年間は、一〇本中三〜四本に落ちた。

独居老人になってからは、七〇年代以降半世紀間のベストテン作品を重点的に見ている。また新型コロナウイルスが蔓延するまでは、月に一回くらい映画館で新作を見たが、ここ一年ほどは自粛している。

アカデミー作品賞やブルーリボン賞を受賞した作品は、一〜二年後に（J.comやWOWOWで）放映されることが多いし、半年ほどでDVDが出回るので、慌てる必要はない（それ以外に見るべきものが山ほどある）。

つい先日も、公開後一年も経たないうちに、格差社会・韓国の底辺を描いて、アカデミー作品賞とカンヌ映画祭パルムドールを受賞したポン・ジュノ監督の『パラサイト 半地下の家族』が、WOWOWで放映された。

中学時代のある事件がトラウマになったせいで、私は韓国映画や韓国ドラマを忌避してきたが、この映画を見て考えを改めた。〝韓国映画、案外面白い！〟。

『パラサイト』は、前年のパルムドールを受賞した、是枝裕和監督の『万引き家族』と比較されることが多いが、私は身びいきと言われることを承知の上で、是枝作品に軍配を上げる。なぜなら『パラサイト』では、実際にはあり得ないような事件が次々と起こるのに対して、『万引き家族』のストーリー展開には、全く不自然なところがないからである。

学生時代には、見たいと思っていた映画が上映打ち切りになると、〝あー、行っちゃったか〟と天を仰いだ。こんな時は、東急名画座や池袋人生座で上映されるのを待つしかなかった。

しかし今では、すでに著作権切れになった、六〇年代以前の作品の多くは安く手に入る。例えば「音と映像の友」社のカタログを見ると、かつてのVHSビデオテープの大きさのケースの中に、一〇枚のDVDを収めたセットが一六五〇～一九八〇円で販売されている。一本につき送料込みで二〇〇円以下(!)である。

私は新しいカタログが届くたびに三～四セットずつ購入し、現在では約四〇セット(四〇〇本)が手元にある。これらを購入するために要した費用は約五万円。友人との会食経費三か月分程度である。

真っ先に購入した四組の「フランス名画コレクション」には、少年時代に見て感動したフランス映画のほとんどすべてが収録されている(洩れているのは、『商船テナシティー』くらいである)。「ロマンス映画コレクション」では、初々しいオードリー・ヘプバーン、絶頂期のヴィヴィアン・リーやジェニファー・ジョーンズの美貌と名演技を楽しませていただいた。「ヒッチコック・サスペンス傑作集」と、「魅惑のハリウッド映画」セットもお買い得だった。

カタログには、これ以外にもジェームス・キャグニー、ハンフリー・ボガートなどのギャング映画セット、ゲーリー・クーパー、ジョン・ウェイン、エリザベス・テイラー、イングリッド・バーグマンなどの主演映画セット、最近は作られなくなったインディアン討伐ものなど、六〇年代初めまでの映画二〇〇セット（二〇〇〇本）がリストアップされている。

子供時代に見て面白かったが、テレビでは放映されなかった『アリバイ無き男』、『暗い鏡』、『月光の女』などを見たヒラノ老人は、しみじみ長生きしてよかったと思っている。

もちろん、中には面白くないものも含まれている。例えば、「無法者の群れ」セット。『ミシシッピの賭博師』が目当てで購入したものだが、この映画にはかっこいいタイロン・パワーのほかに、鈴木杏樹とそっくりなジュリア・アダムスという女優が出ていたので、堪能した。これ一本だけで一六五〇円払った甲斐があったが、残りの九本は駄作だった。

すでに五回以上見た『ローマの休日』、『終着駅』、『白昼の決闘』、『見知らぬ乗客』、『哀愁』、『サンセット大通り』、『恐怖の報酬』などは、見るたびに〝よくできた映画だなぁ〟と感嘆する。

一九九八年にアメリカで、著作権による映画の保護期間が七五年から九五年に延長されていなければ、今頃は一九五〇年以前に作られたすべての映画を、二〇〇円くらいで見ることが出来たはずだ。

映画の場合は、巨額な投資を回収するまでに長い年月を要することは確かだが、七五年でも長すぎるのではなかろうか（なお九五年間に延長されたのは、ディズニーのミッキーマウスを延命させるためだったと言われている）。

日本では二〇一八年に、著者の死後五〇年間と定められていた小説や映画の著作権を、二〇年間延長することが決まったが、死後七〇年が経過すれば、著者の子供はもとより、孫もあらかたこの世にいないのだから、もっと早くパブリック・ドメインに移すべきではないだろうか。

これは音楽にも当てはまる。音楽著作権協会（JASRAC）が設立されるまで、作詞家や作曲家は、レコード会社の社員としてサラリーマン生活を送るか、著作権を買い取ってもらって生計を立てていた。歌手はコンサートから得られる収入で潤うのに対して、作詞家・作曲家に回るお金は多寡が知れていた。

JASRACが設立されてからは、作詞家、作曲家、音楽出版社は著作権の管理を協会に委託し、協会は楽曲の使用者（放送局、音楽喫茶、カラオケ・ハウスなど）と協定を結ぶようになった。JASRACが楽曲の使用量に応じた一定割合のお金を徴収し、それを著作権者に分配するのである。

徴収したお金を、個々の作曲者、作詞家にどのように配分しているかは不明であるが、私が二五年ほど前に、「日本複写権センター」の依頼を受けて、大企業から徴収した著作物（学術論文など）のコピー代金を、様々な団体に配分する方法を考案したときの経験からすると、これはなかなか厄介な仕事である（この詳細については、私が一九九七年に出版した『実践・数理決定法』（日科技連出版社）を御覧下さい）。

JASRACが、例えばＮＨＫから年間一〇億円の著作権使用料を徴収したとして、一〇〇〇人以上の関係者の楽曲が、どのくらいの割合で使用されたかを調べるのは大変である。放送局以外にもカラオケ、各種コンサート、音楽教室などについても調べる必要があるわけだが、正確を期そうとすれば、さらに多くの手間がかかる。

東京新聞の夕刊に掲載された、河合弘之弁護士の「この道」というエッセイによれば、JASRACの理事長を務めたなかにし礼は、内紛続きの協会運営に辟易して、一年で辞任したそうだが、もめないほうがおかしいくらい難しい仕事である（今はどうなっているだろうか）。

それはともかく、JASRACのおかげで、作詞家、作曲家の収入は大幅に増加した。なかにし礼が書いた『兄弟』（文藝春秋、一九九八）を読むと、彼らにどれほど巨額なお金が入るかが分かる。

作詞家と作曲家がお金持ちになったのは結構なことだ（編曲家もお金持ちになったのだろうか）。ただし収入が多すぎると創作意欲が減退する可能性がある。たとえばモーツァルトが、短い生涯の中であれほど多くの名曲を生み出したのは、著作権制度がなかったため生活に困窮していたからである。もし困窮していなければ、晩年の交響曲三部作や『魔笛』は生まれなかっただろう（『アマデウス』という映画には、モーツァルトがお金のために、死の直前まで『レクイエム』を作曲しているさまが描かれている）。

音楽著作権は、音楽家に福音をもたらした一方で、一般市民にとっては厄介な存在になった。大学の学園祭で、学生たちがギターをかき鳴らして流行歌を歌うと、たとえ無料コンサートであっても、（有無を言わさずに）著作権使用料を徴収されるという。また音楽教室などの教育活動からも、著作権使用料を徴収しようとする動きは、社会的な反発を買った。

私はJASRACが、作詞家、作曲家の権利をあまりにも強く保護することに違和感を覚えている。知的財産権の保護については、個人の利益と社会の利益の間のバランスを取ることが大事なのである。

最近スタジオ・ジブリが、『千と千尋の神隠し』に関わる著作権の一部をパブリック・ドメインに移したのは、その方がより多くの人、つまりは社会全体の利益になると考えたからだろう（今後このような動きが加速することを期待したい）。

著作権切れになっていない比較的最近の映画も、映画製作会社とタイアップした特別セールの際には、普段は三〇〇〇円くらいするものを、一〇〇〇円以下で買うことが出来る。

かつて私は、JCOMの見放題サービス（月々五〇〇円）に加入していた。しかしこれは、見放題とは程遠かった。古い映画はリストに含まれていないし、新しい映画は有料なので、ほとんど利用しないまま半年で解約した。

アマゾンの見放題サービスに入れば、月々一〇〇〇円程度でほとんどの映画をただで見ることが出来るそうだが、アマゾンのお世話にだけはなりたくない。

私はかねてより、著作権についてアンビバレントな気持ちを抱いてきた。学術書や論文を著者に無断でコピーして、自分の研究に資する行為と、自分が書いた教科書を学生が無断でコピーする行為の板挟みになったからである。

学生は教科書を買わずに、大学の図書館から借り出して必要な部分だけコピーする。コピーのせいで教科書は売れないから、定価が高くなる。だからますます売れなくなる。出版社はコピーしにくい本を作ることで対抗したが、日に日に進化するコピー機に太刀打ちすることは出来なかった。

ちなみに、一〇〇〇時間かけて書いた定価三〇〇〇円の教科書が、一〇〇〇部で絶版になったとすると、著者に入る印税は三〇万円、時給換算では約三〇〇円である。一万部売れれば、時給は三〇〇〇円に跳ね上がるが、多くの学生が履修する入門書を除けば、一万部売れる教科書は少ない。

それにも関わらず、現役時代の私が一〇冊以上の教科書を書いたのは、誰かが教科書を書かなければ、学術・教育水準が低下すると思ったからである。

二〇年ほど前のことだが、知り合いのＭＩＴ教授が教科書の自家出版（注文が入り次第テキストをプリンターで印刷し、表紙を付けて直売する出版方法）で、大きな収入を手にしたという話が伝わって来た（日本ではこのような話を聞いたことがない）。

出版社を通さなければ、販売価格の七割以上のお金が著者の手元に残るから、アルバイトを雇っても十分にペイするのである（もちろん沢山売れてくれれば、の話だが）。

大学を退職して物書きに転進したヒラノ教授は、本が売れないので苦労している。ベストセラーを出して富豪になりたいわけではない。余りにも売れ行きが悪いと、出版社は本を出してくれないからである。

本の売れ行きが悪い最大の原因は、公立図書館が巨大な無料貸本屋になっていることである（とヒラノ教授は考えている）。知り合いの（お金持ち）マダムは、新聞広告でおもしろそうな本をみつけると、公立図書館に購入希望を出す。図書館は予算の範囲で、希望が多い本を優先的に購入する。

希望者が多いときは何冊も買い込む。リッチな有閑マダムは自分では本を買わずに、何週間待ってでも図書館から借りて読む。

図書館ではＣＤも貸し出しているが、発売後半年は貸出禁止措置を取っている。また映画も劇場公開中はＤＶＤの販売は禁止されているはずだ。本の売れ行きは最初の数か月が勝負である。半年は無理でも、せめて三か月間の貸出禁止措置を講じていただければ、ヒラノ教授を含む零細もの書きや、じり貧出版業界の朗報になるだろう。

一部のベストセラー志向の大出版社は生き残っても、良心的な中小出版社が潰れれば、わが国は文化不毛国家に成り下がるだろう。

ちなみにフィンランドでは、図書館から貸し出された本に対して、貸し出し回数に応じた一定のお金を著者に還元するということだ。ところが日本では、公共の便益と予算不足を理由に、図書館側は著者の要望を無視している。

中学生時代に貸本屋で本を借りると、三日間で定価の一〇％くらいの料金を取られた（五％程度だったかもしれない）。私は貸本屋に日参して、吉川英治や子母澤寛の歴史小説を読んで、貸本屋と著者にそれなりのお金を還元した。

このことからすれば、図書館で新本を借りる際には、定価の五％くらいの購読料を取ってもいいと思うがどうだろう。定価二〇〇〇円の新刊本を、二週間もただで借りられるのは、どう考えてもおかしい。

住民は高額な住民税を払っているのだからただでも問題はない、という考え方もあるだろう。

しかし著者の苦労を考えれば、定価の五％くらいなら払ってもいい、と考える人は多いはずだ。払いたい人だけでもいいから払ってもらい、プールされたお金を著者に還元する制度を考えてもらえないだろうか（私も若ければ、そのような運動に参加したいのだが、いかんせん歳を取りすぎた）。

話を映画に戻そう。

極め付きの洋画マニアだった私の父は、知り合いから譲り受けた株主優待券を利用して、週に二〜三回映画館に通っていた。日本で封切られた洋画は、（津村秀夫が×印をつけたもの以外）ほとんどすべて見ていたのではなかろうか。

少年時代の私は、数学担当教授の父が映画ばかり見ていると、本務に差しさわりが出るのではないのか、と子供心に心配していた。しかし三〇代半ばに、ウィーンで半年間一人暮らしした後は、父の気持ちが分かるようになった。なぜなら私は、日本に残してきた家族のことを忘れるために、毎週二〜三回ウィーン国立歌劇場でオペラを見ていたからである。

当時四〇代半ばだった父は、週末以外は静岡で一人暮らししていた。子煩悩な父にとって、東京にいる病弱な息子（私の弟）と離れて暮らすのは、とても辛かったはずだ。テレビがない時代だから、映画を見ることくらいしか、不安を鎮める手段はなかったのだろう。しかもこのころの父はとても暇だったのである。

ギリシャ以来の歴史を持つ純粋数学（代数、幾何、解析、確率論）の研究者は、若いうちはまだ解かれていない大問題に取り組む。しかし大問題はなかなか解けない。一〇年頑張っても解けない問題は、二〇年かけても解けない。そして四〇歳を超えると、長い論理の連鎖をたどる能力が衰える。

一方私のような応用数学の研究者は、社会で発生する様々な問題を、数学的手法を用いて解くのが任務である。解くべき（小さな）問題はあちこちに転がっている。その中から解けそうなものを拾い上げ、過去の研究者が積み上げてきた様々な方法を使って解き、純粋数学者から見れば〝つまらない〟論文を量産する。

微分幾何という純粋数学の研究を志した私の父は、ある大問題に取り組み、三〇代半ばに大きな定理を証明した。ところが戦後の混乱の中で発表の機会を失い、後輩に先を越されてしまった（このあたりのことは、『工学部ヒラノ教授の青春』（青土社、二〇一四）に記した）。

その後父は研究から手を引き、週に二～三コマの学部学生相手の講義と、大学院生相手のセミナーに付き合うだけの日々を過ごした。研究しない数学者は、学内政治にかかわらない限りヒマである。

ある四〇代初めの計算機科学者は、五〇代に入った数学科教授が、レフェリー付きジャーナルに論文を発表した時、「五〇歳を超えているのに論文を書くとは見上げたものだ」と言っていた。

今父が生きていたら、毎日二〜三本の映画を見ていたのではなかろうか。一方、映画以外にもオペラ番組、歌謡曲番組、ドキュメンタリーなども見なくてはならないヒラノ老人は、一日に一本までというルールを守っているので、年に二〇〇本しか見ることが出来ない。

今後はキネマ旬報ベストテン（洋画一〇本、邦画一〇本）九〇年分の中で、まだ見ていないもの一〇〇〇本を見たいと思っているが、多分無理だろう。

古い映画を見ていると、若いころ面白いと思った映画でも、全く面白くないものがある一方で、若いころは面白くなかった映画でも、今見ると感動するものがある。

前者の代表は、ジェームス・キャグニーのギャング物や、中年以降のジョン・ウェインが主演した西部劇である。キャグニーが演じるギャングの、あまりの無計画さと凶悪非道ぶりには辟易させられるし、年老いた巨漢・ジョン・ウェインの乗馬姿を見るたびに、馬が潰れるのではないかと心配になる。

一方、少年時代には全く面白くなかった『舞踏会の手帳』や『天井桟敷の人々』は、遅まきながら、キネマ旬報でそれぞれベストワン、ベストスリーに入っただけのことはあると納得した。

前者は、舞踏会で求婚された男たちを素っ気なく振って、お金持ちの銀行家と結婚した一七歳の娘が、二〇年後に夫が亡くなった後、〝舞踏会の手帳〟を手掛かりに、求婚した七人の男たちを訪ねて回る、という設定である。

中学時代には、悪趣味な女がいるものだと呆れたが、今見ると、若いころはかっこよく希望にあふれていた男どもの、二〇年後の無残な姿に同情したくなる（フランソワーズ・ロゼー、ルイ・ジューヴェなどの名優に惹かれて、二回も見てしまった）。

また無残な男たちと再会して幻滅を覚えながらも、手帳に記された七人の全員を訪ねて回った中年女性の根性に驚かされた（二〇年前に振った七人の姥桜を訪ねようと思う男はいるだろうか）。

『天井桟敷の人々』は、一九世紀のパリを舞台に、マルセル・マルソー、ピエール・ブラッスール、アルレッティなどの名優が演じる芸人たちの物語である。マルセル・カルネがドイツ占領下で製作したこの作品は、フランス映画の底力を示していた。

神々しいばかりのアルレッティは、白血病から蘇った池江璃花子さんとそっくりだった。私は池江さんがオリンピックで金メダルを取ることを願っている。しかしメダルを取っても取らなくても、オリンピック後は、肉体を極限まで酷使する水泳競技から足を洗って、女優業に転身して長生きしてほしいと考えている。

私が自分の小遣いで映画を見るようになったのは、一九五〇年代に入ってからであるが、このころはまさに映画全盛の時代だった。五一年には『イヴの総て』、『サンセット大通り』、五二年には『チャップリンの殺人狂時代』、『第三の男』、『天井桟敷の人々』、『陽の当たる場所』、『巴里のアメリカ人』、五三年には『禁じられた遊び』、『ライムライト』、『探偵物語』、『シェーン』、五四年には『嘆きのテレーズ』、『波止場』、『ローマの休日』などが、キネマ旬報ベストテンの上位に並んでいる。

アメリカ映画だけではない。日本映画もキネマ旬報ベストテンの半分以上を、また今井正、木下恵介、黒澤明、小林正樹、篠田正浩、鈴木正順、成瀬巳喜男、溝口健二などの映画はほとんど全部見た。ただし海外や玄人の間で最も評価が高い小津安二郎の映画は、退屈なのでパスした。

その後も前記の監督や、周防正行、是枝裕和、山田洋次の映画の大半を見たが、（玄人の間で評価が高い）北野武の作品は、処女作の『その男 残虐につき』があまりにも残虐だったので、次からは見る気がしなくなった（北野映画の残虐さは、フランスのリュック・ベッソンを上回る）。

クリント・イーストウッドが監督した作品は、一九九三年の『許されざる者』から始まって、二〇一六年の『ハドソン川の奇跡』、二〇一九年の『運び屋』に至るまで、ほとんどすべてを見たが、驚くべきことに七本がキネマ旬報のベストワンに輝いている。

八〇代に入ってもパワーが衰えないイーストウッドは、スティーブン・スピルバーグや、ロバート・ゼメキスなどと違って、あまりお金をかけずに、西部劇、戦争映画、犯罪映画、音楽映画、シリアス・ドラマなど、多様なジャンルの映画を作っている。

子供時代の私がアメリカに憧れたのは、西部劇とミュージカルの影響が大きい。面白い西部劇は数々あるが、私のベストファイブは、『駅馬車』、『荒野の決闘』、『白昼の決闘』、『シェーン』、『真昼の決闘』である。

ミュージカルは、（日本で公開されたものは）ほとんどすべて見た。『アニーよ銃を取れ』から始まって、『ショウボート』、『巴里のアメリカ人』、『雨に唄えば』、『オクラホマ！』、『南太平洋』、『略奪された七人の花嫁』、『バンドワゴン』などのトリプルA級作品はもとより、『イースター・パレード』、『スタア誕生』、『恋の手ほどき』などのダブルA級、そして『絹の靴下』、『踊る大ニューヨーク』などのシングルA級作品もすべて見た。

ミュージカル映画の二大スター、フレッド・アステアとジーン・ケリーとともに歌い踊ったジュディ・ガーランド、ジンジャー・ロジャース、アン・ミラー、シド・チャリシーの美貌と脚の長さに心を奪われた。

最近は日本人にも、菜々緒や宝塚の男役など、美脚の女性が多くなったが、シド・チャリシーやアン・ミラーには及ばない。身長一六五センチ、股下六九センチの私は、『バンドワゴン』や『雨に歌えば』を見るたびに、シド・チャリシーの股下九〇センチの脚にうっとりしている（この脚には五〇〇万ドルの保険がかけられたそうだ）。

最近は、一九三〇年代から六〇年代初めまでの、ＭＧＭミュージカル全盛時代の映画の名場面を編集した、『ザッツ・エンターテインメント』三部作を、三か月に一回は見ている。

一九六〇~七〇年代の『ウェストサイド物語』、『サウンド・オブ・ミュージック』、『マイ・フェア・レディ』、『ファニー・ガール』、『屋根の上のバイオリン弾き』などの名作の後の低迷期を経て、二一世紀に入って『シカゴ』で復活したミュージカルは、『ドリーム・ガールズ』、『オペラ座の怪人』、『ラ・ラ・ランド』、『ザ・グレイテスト・ショーマン』、『ジュディ』などで、再びハリウッドのメイン・ストリームに戻ってきた。

ミュージカル映画を見て感心するのは、ハリウッド俳優の中には、演技、歌唱、踊りの三拍子が揃った人が多いことである。

妻の難病が進行してから、映画館に足を運ぶ回数は激減したが、ミュージカル映画だけは必ず映画館で見た。半年待てばＤＶＤが発売されることが分かっていても、音響設備が整った映画館の大画面で見る歌と踊りは格別だからである。

ミュージカル通の友人が、「ブロードウェイやロンドンで、生のミュージカルを見なければ、本当の良さは分からない」と宣うので、ニューヨーク出張の際に、大評判の『レ・ミゼラブル』を見ようと思ったところ、チケットは完売だった。

ホテルのカウンターで相談すると、三割増しの料金を払えば、二階の舞台袖チケットが手に入るという。舞台袖では踊りが見えないので断ると、オフ・ブロードウェイでよければ、『アニーよ銃をとれ』の第三列中央席チケットが二〇〇ドル（約二万円）で手配できるという。

ところが場末の劇場で見た『アニーよ銃をとれ』は、ワイオミングやノース・ダコタあたりの農民ならともかく、東京からやってきた目と耳が肥えたお上りさんの鑑賞に堪えるものではなかった。

5　音楽に癒された歳月

ヒラノ教授の映画に関する知識は、エンジニアとしてはA級（少なくともAマイナス級）だと自負している。一方、音楽についてはよく見てB級（もしくはBマイナス級）である。

小学生時代の私の家にはラジオがなかったから、ベートーベンもチャイコフスキーも知らなかった。東京の名門中学に入ったヒラノ少年は、音楽の授業ではじめてチャイコフスキーの『悲愴』を聴いて、魂を揺さぶられた。〝こんなに美しい音楽があるのか！〟。

その後私は、一〇〇枚以上のクラシック・レコードがある友人の家に入り浸って、モーツァルト、ベートーベン、ブラームス、チャイコフスキーなどの交響曲を聴きながら、指揮棒代わりの箸棒を振った。

〝オーケストラの指揮者こそ、男子一生の仕事だ〟と確信したヒラノ少年は、「音楽之友社」から出ていた『悲愴』のスコア（総譜）を買って、音楽に合わせてページをめくった。ところが二ページ目から先は、ユージン・オーマンディーに置いていかれた。何回トライしても、同じことの繰り返しである。〝こりゃダメだ！〟。

早々と指揮者への道を諦めた私は、中学二年の時に友人に誘われて、ウクレレ担当としてハワイアン・バンドに加わった。「バッキー白片とアロハ・ハワイアンズ」、「大橋節夫とハニー・アイランダーズ」や、エセル中田、笈田敏夫らの歌手が大活躍していた時代である。

それまでハーモニカしか吹けなかった少年は、ウクレレをかき鳴らしながら、カイマナヒラーと声を張り上げた。

高校時代は、勉強の傍らアメリカのポピュラー音楽にどっぷりつかった毎日を過ごした。ナット・キング・コール、ペリー・コモ、アンディ・ウィリアムズ、エルヴィス・プレスリー、ポール・アンカ、ニール・セダカ、などなど。

七〇年代半ばにはラジオで、五〇年代はじめから六〇年代末までの二〇年間に、ビルボード・チャートで年間ベストテンに入った曲を放送していたので、カセットテープに録音して繰り返し聴いた。

八〇年代初めに、筑波大から東工大に移籍する際に、押し入れの中から四〜五〇本のテープが出てきたので聴いてみたが、音質が悪くなったので廃棄した（今は、取っておけばよかったと後悔している）。

ここまで書いて思い出したのは、七〇年代初めに〝文部省の知恵袋〟と呼ばれていたY教授の家で聴かせてもらった、マリア・カラスの『椿姫』のことである。

オペラ通のY教授は、のちに私が一年間のウィーン出張時代に見たほとんどすべてのオペラのテープを持っていた。カセットテープが存在しなかったこの時代、すべてオープン・リール式のテープだった。

Y教授はレコードよりずっと音質がいいと自慢していたが、その取扱いはとても面倒だった。一〇〇本近いテープは、すべて特別容器の中に保管されていた。富豪の御曹司だから、お金のことは気にしなかっただろうが、カセットテープを経て、高音質のCDが登場した時、Y教授は何を思っただろうか。

Y教授の家に招かれた五～六年後に、計算機科学のパイオニアであるS教授の家で見せてもらった、LPレコードのコレクションも忘れられない。S教授は広い応接間を取り囲むように、特注のレコード収納棚を設置し、その中に二〇〇〇枚以上のLPレコードを保存していた。当時のLPレコードは、一枚三〇〇〇円くらいしていたから、全部で六〇〇万円、当時の私の年収の三倍に相当する。

レコードがCDに駆逐され、レコード・プレーヤーが生産中止になったとき、私はあのコレクションはどうなったか、と心配した。かく言う私は、留学時代に買い集めた数百枚のレコードの大半を処分した。

私はビデオでもひどい目に遭っている。ボーナス一回分をはたいて、発売後間もないソニーのベータマックス式録画機を購入したのは、一九七七年である。

その後テレビで放映される『ローマの休日』や『哀愁』などを録画して悦に入っていたが、八〇年代に入るとベータ劣勢の声が聞こえてきた。それでも私はソニーを信じて、一〇〇本以上の映画を録画した（家族は見ていたかもしれないが、録画した本人は、忙しいので見る時間がなかった）。

そうこうするうちに、ソニーがベータからの撤退を発表。〝品質が良くても売れるとは限らない〟という教訓を残して、ベータは消えた。なお一〇〇本あまりのビデオは、泣く泣く廃棄した。しかし私がレコード廃棄とベータ撤退で受けたダメージは、Y教授やS教授の一〇分の一以下に過ぎない。

カセットテープやレコードと違って、ベータテープを破棄したことを残念だとは思わない。かつて録画した数十本の映画が入っているDVDを、一本一五〇〇円で手に入れたからである。

今や映画は、ケーブルテレビやインターネット経由で見る時代になったが、私は好きな映画はDVDで保存しておきたいと考えている。それは本や漫画を電子媒体ではなく、紙媒体で保存しておきたいと考えるのと同じである。

ここ一～二年の間に購入した約四〇〇枚のDVDは、第一次終活の際に空にした食器戸棚に陳列されている。私はこの戸棚を見上げながら、かつてはハワード・ヒューズのような大富豪しか味わうことが出来なかった幸福感に浸っている。

音楽に回帰したのは、三〇代半ばのウィーン出張時代である。アパートから歩いて三分のところにある「ウィーン国立歌劇場」で、毎晩有名なオペラが上演されていたからである。

社会人になったばかりのころ、時折スカラ座やウィーン国立歌劇場が東京で引っ越し公演を行ったが、月給二〜三万円のサラリーマンが見に行けるようなものではなかった。

この当時の私は、マリオ・デル・モナコ、レナータ・テバルディ、マリア・カラスなどの名前は知っていたが、ナマのイタリア・オペラは高嶺の花だった。一方、藤原歌劇団や二期会の国産オペラは、高いお金を払ってまで見に行きたいものではなかった。

ところがウィーンで『サロメ』を見たことによって、オペラに対する認識は覆された。サロメ役は北欧の名花と呼ばれるビルギット・ニルソン。一階最後列の立見席にまで響き渡る声量の歌声を耳にした私は、「人間の声にはこれほどの力があるのか」と驚嘆した。

その後私は、ヴェルディ、プッチーニ、ロッシーニ、ビゼー、モーツァルトなどの代表作のほとんどすべてを見た。有名なオペラの中で、ナマで見ることが出来なかったのは、『オテロ』、『魔笛』、『マクベス』、『セビリアの理髪師』くらいである。

世の中には、これらの定番オペラ以外にも、何百ものオペラがある。しかし、多くの作品の中でしばしば上演されるのは、三〇くらいのようだ。

時折WOWOWの「メトロポリタン・ライブビューイング」で、ワーグナーの楽劇『神々の黄昏』や、メト初演と称するレアものオペラが放映されるが、退屈なので、〝二度とこのオペラを見る機会はないだろう〟と思いつつ、スイッチをオフにする。ワグネリアン諸氏から見れば、私はC級のオペラ愛好家なのである。

ウィーンで素晴らしかったのは、これらのオペラが二階席で四〇〇〇円、三階なら二〇〇〇円、そして四階なら一五〇〇円（！）という料金設定である。これなら貧乏留学生でも毎晩通うことが出来る（半世紀後の現在は、この八倍から一〇倍に高騰している）。

オペラには悲劇が多い。ヴェルディ、プッチーニのオペラで、人が死なないものは珍しい。また声は素晴らしいが、体重一二〇キロのマントヴァ公爵や、体格がいいヴィオレッタやカルメンには感情移入できない。

その一方で、半世紀前の日本では（世界でも）、本格的なイタリアペラやドイツオペラより一段も二段も低く見られていたオペレッタは喜劇が多く、登場する歌手も見てくれがいい。人も死なないから、安心して歌や踊りを楽しむことが出来る。

私がウィーンで見たオペレッタは、レハールの『メリー・ウィドウ』、カールマンの『チャルダッシュの女王』、ヨハン・シュトラウスの『蝙蝠』の三つだけである。しかしそれ以外にも、ウィーンから持ち帰った『ジプシー男爵』、『ベニスの夜』などのレコードを楽しんできた。オペレッタは、レハールが一九三〇年に発表した『ジュディタ』を最後に、ブロードウェイ・ミュージカルに引き継がれた。

イギリスとアメリカは、交響曲とオペラではヨーロッパに太刀打ちできなかった。イギリスに大陸諸国と比肩しうる作曲家がいるとすれば、エドワード・エルガーとヴォーン・ウィリアムズくらいである。

ドイツやイタリアには、『ウェストサイド物語』、『サウンド・オブ・ミュージック』、『コーラスライン』などのブロードウェイ・ミュージカルや、『オペラ座の怪人』、『レ・ミゼラブル』などのロンドン・ミュージカルに比肩しうるものは皆無である。

一方フランスには、先ごろ亡くなったミシェル・ルグランの『シェルブールの雨傘』、『ロシュフォールの恋人たち』という優れたミュージカルがあるが、いずれも半世紀以上前の作品である。

特筆すべきことは、ミュージカルを作った人たちに、ユダヤ人が多いことである。ジョージ・ガーシュイン、ジェローム・カーン、コール・ポーター、リチャード・ロジャース、アンドリュー・ロイド・ウェーバーなどなど。

ジャック・オッフェンバック、エメリッヒ・カールマンなど、ウィーンで活躍したユダヤ人オペレッタ作曲家の後裔が、ブロードウェイ・ミュージカルを作った、と言ったら言い過ぎだろうか。

若いころの私は、日本の歌謡曲には全く関心がなかった。友人の家でチャイコフスキーの『悲愴』の消え入りそうな第四楽章に、お手伝いさんが大好きな美空ひばりの『リンゴ追分』が重なると、泣きたくなった（今では美空ひばりの歌の向こうから、訳が分からないラップが聞こえてくると、泣きたくなる）。

ところが六〇年代に入ると、いずみたく、中村八大などの登場によって、歌謡曲に革命が起こった。私は海外音楽のメロディーやリズムを取り入れた日本の歌に魅了された。阿久悠、岩谷時子、なかにし礼、山上路夫などが作った歌詞に、森田公一、平尾昌晃、大瀧詠一、筒美京平がメロディーをつけた歌は、もし英語で作られていれば、イギリスのロックやバラードのように、アメリカでもヒットしたのではなかろうか。

最近韓国のBTSが、ビルボード・チャートでナンバーワンになったということだが、中島みゆきが英語で歌っていれば、『時代』、『空と地球の間』、『糸』などはビルボードのベストテンに入っていただろう。

それとも永六輔の『上を向いて歩こう』が『スキヤキ』に改変されたことが示すように、日本人の繊細な歌詞は、アメリカ人の感性には合わないだろうか（永六輔は歌詞が改変されたことを知って、作詞する意欲を削がれたということだ）。

高校時代には、アメリカン・ポップス以外にも、フランスのシャンソンやイタリアのカンツォーネがラジオで流れていた。英語の歌と違って、言葉が分からないので、メロディーを楽しむだけだったが、中には『愛の賛歌』のように、岩谷時子の日本語訳で感動した歌もある。

このところ、シャンソンやカンツォーネを聴く機会は少なくなった。フランスやイタリアでは、今も人気があるのだろうか。もしそうだとすれば、ここ数十年の世界的アメリカナイゼーションによって、フランス語やイタリア語の歌は、英語の歌に駆逐されてしまったのだ。

夜八時までにベッドに入るヒラノ老人は、朝二時過ぎには目が覚める。トイレに行ったあと、もう一度眠ることもあるが、NHK第一放送の『ラジオ深夜便』を聴くことが多い。二時から三時は『ロマンチック・コンサート』、三時から四時は『ニッポンの歌　こころの歌』である。

この番組には二〇〇万人のファン（その大多数は年金暮らしの老人）がいるそうだが、絶妙な選曲とアンカー役を務めるベテラン・アナウンサーの、教養と人間味が溢れる語りに感心する。

『ロマンチック・コンサート』では、和・洋、ポピュラー・クラシックの区別なく様々な音楽が取り上げられる。カーペンターズ、セリーヌ・ディオン、クイーン、フィフス・ディメンションズ、マンハッタン・トランスファーなどのときは、ボリュームを大きくして聴くが、残念なことに（カーペンターズ以外は）歌詞が分からないので、日本人の歌ほど楽しくない。

また全く関心がないジャンル（たとえばモダン・ジャズやラップ）の時は、スイッチをオフにして、うとうとしながら一時間を過ごし、三時から『ニッポンの歌、こころの歌』を聴く。この番組では、戦前から現在に至るまでの様々な音楽が取り上げられるが、ここ数年スイッチを切ったことは一度もない。

毎朝この番組を聴いていると、日本にはどれほど多くの優れた作詞家、作曲家、編曲家、歌手がいるかを知ることが出来る。一年で三六五日、一〇年で三六五〇日この番組を聴き続けた私は、ニッポンの歌についてかなり詳しくなった。

歌には先に歌詞があって、これにメロディーを付けるケースと、先にメロディーがあって、これに詩をつけるケースがある。かねて私はどちらがより難しいかと考えていたが、最近たどり着いた結論は、後者の方がずっと難しいということである。

メロディーには音の高低と長さ、リズム、使用する楽器（歌手を含む）など、さまざまなバリエーションがある。歌詞が与えられた時に、曲を作る際には、これらの無限の組み合わせを利用することが出来る。

一〇年ほど前にある作曲家が、「最近の音楽に魅力がなくなったのは、いいメロディーが使い尽くされたからだ」と言っていたが、これは自分の才能が枯れたことの言い訳だろう。実際、桑田佳祐、中島みゆき、筒美京平らは、その後も素晴らしいメロディーを生み出し続けている。

一方与えられた曲に歌詞を付ける際には、メロディーにフィットする言葉を選ばなければならない。言葉の組み合わせにも無限のバリエーションがあるが、前後の脈略を考えて曲にフィットする言葉の列を選ぶのはとても難しい。

私は加山雄三が作ったメロディーに、『君といつまでも』という歌詞を当てはめた岩谷時子や、川口真の曲に『人形の家』という歌詞をつけたなかにし礼の才能に感嘆する。

二一世紀に入って続々登場した若者たちのラップは、演歌を駆逐する勢いだが、昭和・平成の優れた歌謡曲が消え去ることはないだろう。

こう書いたからと言って、私は若者たちの歌を否定しているわけではない。嵐、ゆず、いきものがかり、森山直太朗、星野源、あいみょん、米津玄師などの歌も素晴らしい。

しかし、毎晩八時までにはベッドに入る、というルールを破ってまで、若者の歌があふれる紅白歌合戦を見ようとは思わないのである。

ヒラノ老人は七〇歳を超えてから、音楽について驚くべき事実を知った。一つは画家として成功したカナダ在住の友人が、地元放送局のインタビューを受けた際に、「私は楽譜が読めません」と言っていたことである。

中学時代には、日本屈指のフルート奏者である林リリコに師事するとともに、バッハのシャコンヌを弾きこなして、現在も絵を描く傍ら、地元のバンドでバイオリンを弾いている人物である。

当然私は謙遜だと思っていた。そこで、二〇年ぶりに親友の葬儀で顔を合わせた、中学時代のバンド仲間に訪ねてみた。

「Mさんはインタビューを受けた際に、楽譜が読めないと言っていたけれど、謙遜だよね」

「彼は楽譜を読めなかった。しかし恐ろしく耳が良かったので、バイオリンでもピアノでも弾くことが出来たんだ」

最近になって、美空ひばりも楽譜が読めなかったことを知った。この人も耳で歌を覚えたのだ。また坂本冬美は、作曲家・猪俣公章の内弟子になったとき、「楽譜の読み方を教えてください」と頼んだところ、「バカヤロー。演歌歌手には楽譜など必要ない」と叱り飛ばされたということだ。

美空ひばりは最後まで楽譜が読めなかったようだが、坂本冬美は演歌だけでなく、様々なジャンルのミュージシャンとコラボしているから、もちろん現在は読めるだろう。

大学院時代の忘年会で、ドップラーの『ハンガリー田園幻想曲』を暗譜で演奏した先輩に訊ねたことがある。

「この曲を覚えるのに、どのくらいの時間がかかりましたか」

「君はフェラーの『確率論』を読みましたか」

「はい。三分の二くらい読みました」

「あの本を全部読み切る時間の二倍くらいかかったかな」

フェラーの本は全体で六〇〇ページもある大著である。四〇〇ページ読むのに二〇〇時間くらいかかったから、あの曲を覚えるのに六〇〇時間かかるということだ。

指揮者への道を諦めた私にとって、オーケストラの指揮者は憧れの存在だった。三時間を超えるオペラ全曲を暗記するためには、小澤征爾やリッカルド・ムーティでも、一〇〇〇時間以上かかるのではないだろうか。それとも彼らは、「軍人勅諭」を一回読んだだけで完璧に暗記した、わが師・森口繁一教授のように、脳みそに楽譜を張り付ける特殊能力を備えているのだろうか。

指揮者に憧れる私は、一九五九年（私が大学に入った年）に単身渡欧した小澤征爾が、ブザンソンの国際指揮者コンクールで優勝した後、カラヤン、ミュンシュ、バーンスタインに師事して、ニューヨーク・フィルの副指揮者に就任した時は、興奮して眠れなかった。

その後私は絶えず小澤征爾の動静を探ってきたが、シェーンベルクの合唱曲『グレの歌』（だったと思います）を初めて指揮した時には、数か月にわたって毎日十数時間、楽譜と格闘したという。

指揮者やピアニストには、長命な人が多い。八〇歳を超えたリッカルド・ムーティや、間もなく八〇歳になるマルタ・アルゲリチは、今なお現役である。

一方、シドニー大学の研究者が調べたところでは、ロック・スターは一般の人より平均寿命が二五年も（！）短いということだ。彼らはクラシック音楽の演奏家に比べてストレスが多く、体力消耗が激しい生活を送っているからだろう。

6　七転び

誰にでも挫折はあるものだが、私は現在まで尾を引く七つの大きな挫折を経験している。

一回目の挫折は幼稚園児だった時に、ピアノの先生に破門されたことである。

戦後間もないころ、私はお向かいの歯医者さんの家から流れてくるショパンの『英雄ポロネーズ』や『別れの歌』に魂を奪われた。

一流好きの母は、ピアノが好きな息子に、静岡市でナンバーワンという評判の、東海林先生のレッスンを受けさせることにした。

しかし、この当時の大学助教授の家には、ラジオがなかった。ラジオがない家にピアノがあるはずがない。そこで母は考えた。歯医者さんの家で練習させてもらいましょう、と。

ところが歯医者さんの家には二人のお嬢様がいて、長女の春子さんは東京芸大を目指していた。薄汚い服を着た坊主がピアノを借りに行くと、玄関先に顔を出した母親に、「春子が練習する時間なので、また後でね」と追い返された。

練習が終わったころを見計らって借りに行くと、次女の秋子さんが、「私が練習する時間だから一〇分だけよ」と言う。このようなことが繰り返されたため、気が小さい私は借りに行く気をなくした。

このようなわけで、私は殆ど練習せずに東海林先生の家を訪れた。ところが指定された時間になっても、前の生徒のレッスンが終わらない。散々待たされた挙句、私のレッスンは五〜六分で終わった。

出来が悪い生徒に対する一流の先生の扱いは冷たかった。そして三か月後には、「君はもう来なくてもいい」と言い渡された。

この言葉の意味は、幼稚園児でも十分理解できた。しかし私は、このことを母に報告しなかった。どのような叱責が待っているか、分からなかったからである。

その後三か月余り、私はレッスンに行くふりをして、近所の公園で少年野球を見物して時間を潰した。破門されたことがばれたとき、私は押し入れに閉じ込められ、夕食をカットされた。

その後母はたびたび私に、「せっかく一流の先生に習いに行かせたのに、破門されたバカ息子」という言葉を浴びせた。しかし私は弁解しなかった。弁解すれば、より厳しい叱責が待っているからである。

そもそもピアノはおろかピアニカもないのに、大先生にピアノを習いに行かせようというところに無理がある。破門されたことがトラウマになって、私は長い間ピアノという楽器が好きになれなかった。

なお春子さんは、あれほど練習した甲斐もなく、芸大に入ることは出来なかった。才能がない私は、早いうちに破門されてよかったのだろう（少し早すぎるような気もするが）。

私と同い年のNさんは、三人の子供たちが使ったピアノを、三〇万円という大金を払って修理に出し、『30日でマスターするピアノ教本』というテキストを頼りに、（同じく初心者の）夫君とともにショパンの『幻想即興曲』の練習に励んでいる。

もう一人の友人であるH氏は、会社を退職した後、子供のころにたしなんだバイオリンのレッスンを受け、地元のオーケストラで活躍している。

このようなことを聞くと、あの時破門されていなければ、と思うこともあるが、運動神経が鈍く手が小さいことから見て、どれほど練習しても『英雄ポロネーズ』を弾けるようにはならなかっただろう。

二回目の挫折は小学五年生の時に、合唱コンクールに出場するために、ひと夏練習に付き合わされた挙句、補欠に回されたことである。

私が通っていた小学校は、静岡県の合唱コンクールで毎年ベストスリーに入る名門校だった。五年生と六年生を合わせた三〇〇人の生徒の中から、三〇人ほどの生徒が選抜され、夏休み中は秋のコンクールのために、毎日のように練習に励んだ。

三〇〇人中の三〇人に選ばれたということは、一〇人に一人の歌唱力の持ち主だということである。ところが練習が始まって間もなく、私は合唱指導の先生に宣告された。

「残念だが、君は補欠に回ってもらうことになった」

「エッ、補欠ですか?」

「一校につき三〇人しか出場できないことになったのだよ」

「――――」

「悪いけれど、これからも練習には出てくれたまえ。誰かが病気になったときには、君に出てもらうので」

一〇人に一人の才能だと思っていた少年は、三〇人の中で歌が一番下手くそだという宣告を受けたのである。散々練習に付き合わされた挙句、コンクールに出られなかった私は、母から「お前はいつもただ働きばかりしている」という無情な言葉を浴びせられた。

〝ただ働き〟とは、学級委員として放課後に生徒間のトラブルの仲介や、学級新聞のガリ版作りをしていることを指していた。私にとっては重要でも、母にとっては誰かにやらせればいい〝ただ働き〟なのである。

中学二年の時にヒラノ少年は、引退した役者たちが老後を過ごす養老院を舞台にした、『旅路の果て』というフランス映画を見た。三〇人ほどの元役者たちの中には、現役時代の大スターから脇役、端役まで様々な人がいた。

その中の一人であるカブリサードは、現役時代に大スターの代役を務めた。カブリサードは大スターが演じる全ての役を完璧にマスターしたが、四〇年間一度も本舞台に立つことは出来なかった（大スターは一度も病気しなかったからである）。

ここに千載一遇のチャンスが巡ってきた。養老院が改修されるにあたって企画された特別公演で、初めて主役を演じることになったのである。ところが舞台に立ったカブリサードは、緊張のあまりセリフを忘れてしまった。ショックを受けたカブリサードは、失意のうちに息を引き取った。この映画を見た私は、〝ぼくのほうがカブリサードよりはましだ〟と思った。

私の知り合いの息子であるT君は、大学在学中の四年間、サッカーで控えのゴールキーパーを務めた。正キーパーは怪我をしても休まなかったため、三年間一度も試合に出ることは出来なかった。このためT君は四年の時にうつ病になり、大学を中途退学することになった。

何年かのちに、うつ病から回復したT君は、カヌーに転向して世界で名前を知られる選手になった（カブリサードも、コメディアンに転向していれば、一流になれたかもしれない）。

三回目は三人中二人が合格する高校受験に失敗したことである。

中学時代の私は、三年間を通して学年トップの成績を収めた（一学期だけ二番になったことはあったが）。この中学からは、毎年十数人が都立・日比谷高校を受験した。過去六年間で不合格になった人は皆無だったので、担任の先生や仲間たちは、私が落ちるはずはないと思っていた。慢心した私は、三年生になっても受験勉強に取り組まなかった。〝三人のうち二人が合格する試験に落ちるはずがない〟と思っていたのである。

本気で受験勉強に取り掛かったのは、三学期に入ってからである。模擬試験の成績はたちまち上昇して、九〇〇点満点の試験で、予想合格点の八四〇点を取る見込みがついた。

ところが本番では、得意な英語でミスを犯したせいで、合格点に三点届かなかった。運が悪いことに、この年は兄の東大受験失敗が重なった。半狂乱になった母は、息子たちにありとあらゆる罵声を浴びせた。

父は「一番傷ついているのは本人なんだから、そのようなことは言わなくてもいいだろう」と庇ってくれたが、急遽受験した私立高校に入った後も、罵声はやまなかった。

一年後に行われた編入試験で日比谷高校に入り、中学時代の仲間との交流が復活したおかげで、挫折から立ち直ったが、そのころの私はすべてに慎重を期す青年になっていた。中学時代の私を〝大胆の三乗男〟と呼んだ親友の斎藤は、編入試験に合格した私を〝慎重の三乗男〟と揶揄した。

〝もし大学受験に失敗したら、高校受験の時以上の罵声が飛んでくる。そうなればやる気をなくし、二浪してしまう。中学時代の親友との交友が断たれたらおしまいだ〟。高校入試失敗は、私という人間を根底から変えたのである。

四回目の挫折は、大学二年の時に、一〇年間思い続けた美少女に、愛の告白を拒絶されたことである。

私は小学二年生の時から、学年で一番美しく、誰に対しても優しい美那子という名前の美少女に憧れていた。どのくらい美しかったかと言えば、ルノアールが描いた「愛しのイレーヌ」と同じくらいだと言えば、お分かりいただけるだろうか。

戦後間もなかったころ、誰もがおんぼろ服を着ている中で、美那子は一人だけ真新しいブラウスとおしゃれなスカートを身に着けていた。ある日学校の帰りに、何人かの仲間とともに、私が住んでいたバラックを訪れたとき、そのお姫様ぶりにあっけにとられた母は、「いまどきあんなお嬢さんがいるんだねぇ」と驚きの声を上げた。

美那子は年を重ねるにつれ美しさを増した。嵐山光三郎は、「女性というものは、自分が美人だと意識した時から、次第に性格が悪くなる」と言っているが、美那子は美人でありながら性格もよかった。

小学校を卒業して東京の中学に入学することが決まり、もう美那子に会えなくなると思った瞬間、私の憧れは恋に変わった。上京するときに静岡駅のホームで流れていた、ジョージア・ギブスの『火の接吻』の"If I could be a slave, a slave I want to be."という歌詞は、私の気持ちそのものだった。

上京した少年は、毎日のようにラブレターを書いた。返事はたまに来たものの、それは季節の挨拶と、お母様によろしくお伝えください、という味も素っ気もないものだった。

ところがその二年後、父親の転勤で上京した美那子は、私が住む奥沢の家から電車で三〇分ほどの久が原に住むことになった。高校時代には、年に数回池上線に乗って彼女の家を訪れ、一時間ほどお相手してもらった。

大学二年生になったころ、W大法学部でただ一人の女子学生である美那子を、何人もの男子学生が狙っているという情報が入った。このままでは美那子を失うと思った私は、一世一代の賭けに出た。美那子の誕生日に愛を告白したのである。

「ぼくはずっとあなたを愛してきました。あなたはぼくを愛してくださいますか?」

「ごめんなさい。私はあなたに対して母性愛は感じても、恋愛と呼べるような感情を持ったことはありません」

「母性愛ですか！」

美那子は弟たちに対して、母親のように振舞っていた。弟たちも姉を母親のように慕っていた。〝母性愛〟という言葉を耳にした私は、礫になった。自分をまったく評価してくれない母親から、一日でも早く逃げ出したいと思っていた青年にとって、母性愛ほど欲しくないものはなかったのである。〝母親なんか、一人だけでも十分すぎる！〟。

このあと私は、〝どれほど愛していても、自分を息子のように扱う女性と一生を共にすることは出来ない〟と考えながら、池上線に乗った。

美那子の言葉は、私の脳髄に突き刺さった。その後何十年たっても、池上線に乗るたびに、そして西島三重子の『池上線』という歌を耳にするたびに、あの時の辛い気持ちを思い出した。

五回目の挫折は、指導教授のお眼鏡にかなわず、博士課程に入れてもらえなかったことである。

（母が職人養成機関と呼んだ）工学部に進学した私の目標は、博士号を取って、将来は一流大学の教授になることだった。母を見返すためには、それ以外の方法はないからである。

マルクス・レーニン思想を信奉する私の母は、「法学部は権力者の手先、経済学部は金貸しの手先、文学部は非国民。大学と呼べるのは理学部だけです」が口癖だった。

希望の星だった長男が、理学部でなく法学部に入ったあと、母は次男にプレッシャーをかけた。「お前は理学部に行ってくれるだろうね」と。

次男は理学部に行っても芽が出そうもないと思ったが、母のプレッシャーに負けて、理工系ブームの中で東大の理科一類を受験した。理科一類は、理学部と工学部への進学を希望する学生の集まりである。

合格したことを報告すると、母は

「よかったね。お父さんの後を継いで、数学者になるつもりなんだね」

「ぼくには数学者は務まらないよ」

「それじゃあ物理をやるのかい」

「物理は嫌いだよ」

「どこに行くつもりなんだね。図画・工作が下手なお前は、工学部には向かないよ」

「――――」

「言っておきますけどね。工学部に行ったら、職人で終わる運命ですよ」

子供にプレッシャーをかける母親のもとからは、優秀な子供が育つことがある。例えば、千住鎮雄教授（慶応大学工学部）の文子夫人は、私の母と同様、なにごとも一流にならなければ意味がない、という考えの持ち主だった。

この教えを叩きこまれたおかげで、長女の真理子はバイオリニスト、長男の博は日本画家、次男の明は作曲家として一流になった。

もう一人の幸運な母親は、杉並の自宅から小田急線と井の頭線を乗りついで、駒場の東大教養学部まで、毎日お弁当を届けに来ていたクラスメートNの母親である。この人が育てた四人の息子のうちの三人は東大教授、一人は東工大教授になった。

三人目は、四人の子供の全員を東大医学部に入れたことで有名な、〝佐藤ママ〟こと佐藤亮子さんである。

どなたもアッパレというほかないが、子供たちを一流の人物に育てるためには、情熱だけでなく愛情と財力が必要である。私の母は、情熱はあったが愛情と財力がなかったために、子育てに失敗した。

指導教授である森口教授はかねがね、「博士課程に受け入れるのは三年に一人まで」と言っていた。大学や国の研究機関に就職できるのは、せいぜい三年に一人程度だから、というのがその理由だった。

私の一年上の学年には、四五〇人の理科一類の学生の中で、一桁の成績を取った大秀才が何人もいた。ところが三学年上のS氏が博士課程に進んだため、一学年上の秀才たちは修士課程を出た後、外部に放出された。

Sの三年後輩にあたる私とF氏のどちらか一人は、博士課程に進学できるはずだったが、私より遥かに成績がいいFが進学し、私が「電力中央研究所」という民間シンクタンクに就職した時点で、一流大学はおろか二流大学教授になる道は閉ざされた。

電力中研で研究に励み、五〜六編の論文を発表した後、森口教授に論文を提出すれば、博士になることは〝原理的には〟可能だった。しかし過去にそのような前例はなかった。

その後幸運なことに、アメリカの大学に留学して博士号を取り、筑波大学の助教授に招かれたとき、母は息子に向かって「国策大学に移るより、今の研究所にいる方がいいんじゃないの」と言い放った。

四一歳で東工大の人文・社会群の教授になったときも、母は喜んでくれなかった。職人養成大学の文系一般教育担当教授は一流のポストではない、ということを知っていたからである。母の重石が外れたのは、一流ポストである経営システム工学科の教授になった時である。このことを知れば喜んでくれたかもしれないが、この時すでに母はこの世にいなかった。

六回目の挫折は、スタンフォード大学で博士号を取った後、兄弟子から論文中の重要な定理の証明の間違いを指摘されたことである。

その後私は証明を修復すべく、ありとあらゆる工夫を試みた。ところが半年後に兄弟子から、私が提案した方法では解くことが出来ない問題が見つかったことを知らせる手紙と、具体的な反例を記したレポートが送られてきた。

私の証明には致命的なミスがあったのだ。証明を修復するためには、これまでにない新しい手法が必要だと思った私は、その方法を探すため、客員助教授として招待されたウィスコンシン大学の「数学研究センター」を訪れた。

ここで分かったのは、〝私が取り組んだ双線形計画問題は、過去に優秀な数学者たちを破滅させた、いわくつきの難問と同程度に難しい〟ということだった。

この後私は、招待主である中国人教授から、キズモノだった博士論文をめぐってパワハラを受けた。また半年以上かけて書き上げた論文に対して、「このような論文は書かない方がいい」という侮蔑の言葉を浴びせられた。

四年後にこの挫折を乗り越えることが出来たのは、指導教授と優れた友人・先輩の激励のおかげである。

七回目の、そして今も大きな傷跡になっている挫折は、一九九九年に設立にこぎつけた、東工大の「理財工学研究センター」が、わずか五年で廃止されたことである。

金融自由化の波が襲ってくる中で、日本政府は海外の圧力に抗しきれず、規制緩和に踏み切った。これまで禁止されてきた「デリバティブ（金融派生商品）」の取引が解禁されることになったのである。

デリバティブの価格付けや取引には、従来の金融経済学とは異なる、〝工学的〟手法が必要とされる。一〇年前からこの種の研究に取り組んできたわれわれは、一九九九年に「東工大・理財工学研究センター」を設立することに成功した。

このセンターは金融業界やジャーナリズムから歓呼を持って迎えられた。センター長を務める私は、同僚の白川教授とともに、年間四〇〇〇時間近く働き、目覚ましい成果を挙げた。この勢いが続けば、東工大に金融工学のセンター・オブ・エクサレンス（世界的研究拠点）が出現するはずだった。

しかし、私が定年で大学を去った後間もなく、国立大学法人化の大嵐が襲ってきた。大学組織の抜本的改編作業の中で、スタッフが僅か四人しかいない弱小研究組織は草刈り場になった。そして外部評価でトリプルAの評価を受けたにもかかわらず、わずか五年で廃止の憂き目にあったのである。

このあたりの経緯については、『工学部ヒラノ教授のラストメッセージ』（青土社、二〇一八）で詳しく紹介したので、そちらを参照していただくことにして、同僚である白川教授の過労死という代償を払ったにもかかわらず、このセンターが廃止されたことは、私の研究者生活における最大の挫折になった。

七転び八起きという言葉があるが、ヒラノ教授に八起きは起こらなかった。ヒラノ教授だけではない。理財工学研究センターの挫折は、日本の金融工学（金融技術）に対する弔鐘になったのである。

7　数学特許とH_2O判事

挫折は七回だけかといえば、そうではない。七回目の挫折の直後に、巨大な災害が襲ってきた。

第4章で著作権問題について触れたが、ヒラノ教授は十数年にわたって知的財産権問題に深く関わって、時間とお金を空費した挙句、数学特許裁判に敗訴したのである。

ことの発端は、六人のノーベル賞受賞者を生んだ、世界のセンター・オブ・エクサレンス「AT&Tベル研究所」に勤めるナレンドラ・カーマーカー博士が、一九八四年に考案した「アフィン変換法」、通称「カーマーカー法」に対して行った特許申請を、「アメリカ特許商標庁」が認可した〝事件〟である。

「線形計画問題」の解法であるカーマーカー法は、従来用いられてきた「単体法」より一〇〇倍速いというのがセールス・ポイントだった。

単体法は、私の師であるジョージ・ダンツィク博士が、「資源の効率的配分問題」を解くために考案したもので、提案された一九四七年当時は、変数の数が一〇〇個程度の小さな問題しか解くことが出来なかったが、その後の計算手法の改良と計算機のスピードアップによって、一〇年ごとに一〇倍大きな問題が解けるようになった。

この結果一九八〇年代半ばには、一〇〇万変数の問題が解けるようになっていたが、専門家たちはそれ以上大きな問題は解けないだろうと考えていた。ここに登場したのがカーマーカー法である。

カーマーカーとベル研は、この方法に対して特許を申請した。しかしアメリカを含むすべての国で、数学的解法やビジネス遂行の方法（ビジネスモデル）には、特許を与えないことになっていた。ところが、レーガン政権の知的財産権保護強化戦略に後押しされたアメリカ特許商標庁は、一九八八年にカーマーカー特許を認可した。

この時『ニューヨーク・タイムズ』は、世界で初めて「数学特許」が成立したことを第一面で報じた。朝日新聞や読売新聞も、この記事を一面に転載した（数学に関する記事が、一般紙の一面に載るのは極めて稀なことである）。

この特許が成立した結果アメリカでは、

特許が効力を持つ二〇年間（二〇〇五年まで）は、カーマーカー法を用いて線形計画問題を解くソフトウェアを作製・販売する際には、カーマーカーとベル研の使用許可を受けたうえで、
　特許使用料を払わなければならない

ことになった。

カーマーカー特許が成立したとき、人工知能研究の第一人者であるアレン・ニューウェル教授（カーネギー・メロン大学）は、「Systems are broken, systems are broken!」と慨嘆した。それまで順調に機能してきた数理科学の世界の規範――誰もが自由に他の研究者の成果を使うことが出来るという慣行――が破られた、という意味である。

　この当時、日本ＯＲ学会の「数理計画法研究部会（ＲＡＭＰ）」の主査を務めていた私は、新聞記者の質問に対して、「アメリカではともかく、日本でこの特許が認可されることはありえません。なぜなら日本の特許法は、数学やビジネス方法は特許による保護の対象にはしない、と明記しているからです」と答えた。

　なお「数理計画法」とは、線形計画法の延長線上に発展した、非線形計画法、組み合わせ最適化法などの数理最適化手法の総称である。

　アメリカで特許が成立しても、その効力は日本には及ばないと思っていた私は、東工大を訪

れたベル研の担当者から、「カーマーカー法、もしくはそれを改良した方法を使ってソフトウェアを開発する場合には、特許使用料を請求します」という警告を受けて、びっくり仰天した。

しかし私の予想通り、日本特許庁は一九八八年に、〝単なる数学手法に対する申請である〟という理由で、ベル研の特許申請を拒絶した。

これに対してベル研は、〝単なる数学的解法に対する申請ではなく、この方法を用いて産業上の様々な問題を解くための方法とシステムに対する申請であって、アメリカではすでに特許が成立している〟という理由で、異議申し立てを行った。

アメリカ政府をバックにしたA＆Tの要求に屈した特許庁は、一転して翌一九八九年にこの特許を公告した。日本では特許の対象にならないはずの数学的解法が、特許になったのである。数理計画法の研究者である私にとって、青天の霹靂だった。このようなことが当たり前になれば、数理計画法の発展に重大な影響が及ぶ。

このあと「線形計画法の父」と呼ばれるダンツィク教授から、RAMPの主査を務める私あてに、以下のような手紙が届いた。

〝もし単体法が特許になっていたら、私は大金持ちになっただろう。しかし（線形計画法をはじめとする）数理計画法の研究は著しく阻害され、ここまで発展することはなかっただろう。

私は日本という国が、弁護士ばかりが儲かるアメリカのような国にならないことを願っている〟。これはまことに重い言葉だった。

　このあと私は、特許庁に対して異議申し立てを行ったが拒絶された。そこで、通常の裁判における上告審に相当する「無効審判請求」を行った。しかしこれも拒絶された。

　その直後に匿名の手紙が送られてきた。この手紙には、無効審判に関わった五人のシニア審判官全員が、拒絶査定を行った後、特許庁を退職したという事実が記されていた。

　特許庁は通産省の管轄下にある役所である。アメリカとコトを構えたくない通産省は、特許庁に圧力をかけた。無効審判に関与した審判官は、辞職することで筋を通したのではなかろうか。

　残された手段は、「特許取り消し裁判」を行うことである。

　以後七年間に及ぶ東京高等裁判所での審理を経て、私は二〇〇二年二月に敗訴した。ルーセント・テクノロジーズ社――ベル研はルーセント社に売却されていた――が特許維持料を納付せずに、特許を意図的に消滅させたからである。

　〝原告がこれによって金銭的被害を受けた証拠は存在せず、しかも特許が消滅した以上、これから先も被害を受けることはないから、訴えの理由がない。よって本件は原告の敗訴、裁判費用は原告の負担とする〟。これが判決の要旨だった。

カーマーカー特許を消滅させることには成功したが、七年の歳月をかけたにもかかわらず、この特許の「新規性」も「特許性」も議論されることなく、裁判は終わった。

新規性とは、特許出願前に

1. 日本国内において公然知られていたもの
2. 日本国内において公然実施されたもの
3. 日本国内または外国において頒布された刊行物に記載されたもの

ではないことを要求する条件である。また発明が特許になるためには、このほかにも「有用性」、「進歩性」、「特許性」が要求される。

有用性とは、その発明が産業上の役に立つものであることを要求する条件で、進歩性とは、その時代に生きている標準的な技能を持つ人たちが、それまでに知られている先行技術をもとにして容易に思いつく水準を超えた、高度なものであることを要求する条件である。

また特許性とは、特許法が除外している〝自然法則自体、数学上の公式、ビジネスの方法、人為的な取り決めに対する申請ではないこと〟を要求する条件である。ところがカーマーカー特許は、新規性も特許性も満たしていなかったのである。

新規性について。I・ディキンというロシア人科学者が、カーマーカーより一〇年以上早く、全く同じ方法を『Doklady』という権威ある英文ジャーナルに発表し、この方法を使って様々な実用上の問題を解いていた。

特許性について。（日本の特許法には）数学的解法は特許の対象から除外する、と明記されている（一方アメリカでは、新規性があって産業上の役に立つものであれば、特許を認めてもいいことになっている）。

つまりこの申請は、どちらの意味でも、アメリカ以外では特許付与の対象にならないものだったである。この件については、数理計画法研究者の大多数が同意している（中には少数ながら、数学が特許の対象になったので、これから先お金持ちになれる、と喜んだ人もいた）。

特許庁も裁判所も、このことは重々承知していたはずである。それにもかかわらず私が敗訴したのは、裁判所がルーセント社に対して、特許を放棄することを勧めたからではなかろうか。こうすれば、ルーセント社とアメリカ政府の面子は失われずに済むからである。

裁判所が当てにならないことを知った私は、最高裁への上告を諦めた。七年の歳月と（大学教授としては）巨額なお金をムダにした私には、これ以上戦う余力はなかったし、訴えても勝てる見込みはないと思ったからである。

カーマーカー特許が成立した後、アメリカ特許商標庁は、従来は著作権法によって保護されてきたソフトウェアに特許を与えるようになった。ソフトウェアは計算機に対する一連の指令の集まりで、その中身は〝数学的な方法（アルゴリズム）〟が中心になっている。

この結果ソフトウェアは、特許法と著作権法の両方で保護されることになった。このあと特許推進派の法学者の後押しを受けたアメリカ特許商標庁は、ビジネス方法（ビジネスモデルともいう）や社会システムにまで特許を認めるようになった。

最初に問題になった「ビジネスモデル特許」は、一九九九年に成立した「ステート・ストリート銀行特許」である。この特許は、〝複数の口座で運用されている資金を統合運用して、収益を改善するためのシステムと方法に〟関する特許である。ところがこの種の方法は、資産運用の現場で古くから普通に用いられてきたものである。

その中で最も良く知られているのは、ノーベル経済学賞を受賞した、マーコビッツの「平均・分散モデル」を用いて、一定の期待収益率の下で、リスク（収益率の分散）を最小化するビジネス手法である。日本OR学会の「投資と金融のOR研究部会」の主査を務める私は、一九八〇年代半ばから、この分野の研究に携わってきた。

ビジネスモデル特許の問題点を、分かりやすく説明しよう。電気自動車で有名なT社が、「自動運転電気自動車を用いて、不特定の客をある場所から別の場所に運び、距離に応じた料金を徴収するビジネス」、すなわち〝自動運転電気自動車タクシー・ビジネス〟を特許申請したものとしよう。

もしこのビジネス方法に新規性があると認められれば、特許商標庁は申請を認可する。また方法自体には新規性がなくても、これを様々な情報システムと組み合わせた申請に新規性があると認めれば、特許を与える。そして特許成立後は、T社の許可なしには、誰も自動運転電気自動車タクシー業を開業することが出来なくなるのである。

アメリカでステート・ストリート特許が成立した時、日本の新聞は、「またまたアメリカに後れを取った日本」という記事を書き、日本企業も積極的にビジネスモデル特許を申請すべきだ、というキャンペーンを行った。

この結果、丸善や八重洲ブックセンターには、ビジネスモデル特許を扱った本が溢れた。また銀行・証券・生保などの金融機関は、思いつく限りのビジネスモデル特許を申請した。

二〇〇〇年代に入ると、さらに一歩進んで、〝なんでも特許〟の時代がやってきた。ソフトウェア特許こそは、長い間特許推進グループが狙っていた、〝なんでも特許〟の先駆けだったのである。

なんでも特許の一例は「素数特許」である。ソフトウェア技術者X氏が、一五四桁の素数Pに対する特許を申請したところ、それが認可されたのである。このため、アメリカではX氏の許可を得なければ、素数Pを使うことが出来なくなった。

素数特許が産業上の役に立つとは思えないが、X氏は〝暗号解読の役に立つ〟というたぐいの御託を並べたのだろう。

二〇〇〇年代初めの『日経サイエンス』誌には、毎号巻末に「今月成立したおかしな特許」というコラムが掲載された。その中には、「ブランコ横漕ぎ特許」なるものが含まれていた。箱形のブランコを、縦ではなく横にこぐ方法を、ある少年が特許申請したところ、認められたのである。

ここに至って、アメリカで〝なんでも特許政策〟に対して批判の嵐が巻き起こった。激しい批判を浴びた特許商標庁は、審査を厳しくした結果、ビジネスモデル特許騒動はひとまず沈静化した。

足元に「カーマーカー特許」と「ステート・ストリート銀行特許」という二つの爆弾を投げつけられた（数理計画法と資産運用理論の研究者である）私は、このような動きに反対するため、一連の文章をOR学会誌に寄稿するとともに、OR学会や情報処理学会の研究集会で、ソフトウェア特許の問題点を学会員諸氏に説明して、反対運動に対する支援を訴えた。しかしその努力は空振りに終わった。

企業勤めのソフトウェア技術者は、（通産省の方針に追随する）会社の方針に反する運動に協力することは出来ない。また大学勤めの研究者は、学問的業績（論文）につながらない運動に加わっても、得るものはない。この結果、私は孤立無援の中で反・ソフトウェア特許運動の旗を振った。

その一つの例は、東工大と日本ＯＲ学会の共催で、日米のソフトウェア技術者と法律家によるソフトウェア特許に関するシンポジウムを開催したことである（シンポジウムの内容は『ソフトウェア／アルゴリズムの権利保護』（朝倉書店、一九九五）に記録されている）。

シンポジウムに参加した技術者たちは、日米ともに全員ソフトウェア特許に反対、法律家の中の著作権専門家もソフトウェア特許に反対だった。しかし、日本の法学者は、ソフトウェア特許に賛成だった。〝今頃じたばたしてもどうにもならない。長い物（アメリカ）には巻かれろ〟。これが彼らの意見だった。

特許裁判に敗訴した直後に、私は日本特許庁の不甲斐なさを糾弾する『特許ビジネスはどこに行くのか』（岩波書店、二〇〇五）を出版した。

この本は日経、朝日、読売などの大新聞に揃って取り上げられ、法律関係者だけでなく、社会科学者集団にも注目された。一方数学者や数理計画法研究者の反応は鈍かった。彼らは自分たちの問題であるにもかかわらず、法律問題には関わろうとしなかったのである。

この本が出た後しばらくして、「内閣府・知的財産権推進本部」の本部長（元特許庁長官）に呼び出されたヒラノ教授は、「あなたがおっしゃることは至極ごもっともですが、政府の苦しい立場もご理解いただけないでしょうか」という要望（警告）を受けた。

言葉遣いは穏やかながら、これ以上は通産省の方針に反対するな、ということである。半導体や自動車などの製造業を重視し、ソフトウェアはアメリカに譲っても構わないと考えている通産省にとって、ソフトウェア特許はどうでもいい問題だったのである（日本がＩＴビジネスでアメリカの後塵を拝しているのは、通産省の戦略的ミスのせいである）。

カーマーカー特許裁判に関わっていた時、ＦＦＩＩ（Federation of Free Information Infrastructure）という組織の代表者から、ブリュッセルで開催される「反・ソフトウェア特許集会」に日本を代表して参加してほしい、というリクエストが届いた。

ＦＦＩＩはソフトウェア特許に反対する計算機科学者（主としてLINUXグループ）が設立した組織である。この当時のＥＵ議会は、アメリカ政府の圧力を受けて、早々とソフトウェア特許を認めていたが、英・独・仏などのＥＵ加盟諸国は認めていなかった。

ＦＦＩＩの主張は、

・ソフトウェア技術は、特許法による保護がなくても順調に成長してきた。また特許法による保護は、ソフトウェア技術の発展を阻害する可能性が高い

・ソフトウェア特許は、中小ソフトウェア会社（ソフトウェア会社の大半は中小企業である）の存

立を脅かし、マイクロソフトなどの巨大ＩＴ企業の独占を許す結果を招くなどである。

実際ＧＡＦＡ（Google, Apple, Facebook, Amazon）がＩＴビジネスを事実上独占したのは、ソフトウェア特許を武器に中小ＩＴ企業を買収して特許ポートフォリオを築き、後発ＩＴ企業の成長の芽を摘む一方で、お互いにクロスライセンス契約を結んで、特許を融通しあったおかげである。

ブリュッセルの会合で基調講演を行うのは、アメリカにおける知的財産権法の最高権威であるローレンス・レッシグ教授（ハーバード大学ロースクール）、「The League of Programming Freedom」という反・ソフトウェア特許団体のリーダーであるリチャード・ストールマン博士、そして日本でただ一人、反・数学特許、反・ソフトウェア特許で戦っているヒラノ教授の三人だという。

私以外の二人は、世界的に名前を知られている大物である。かねて彼らの著書や論文を読んでいた私は、知的財産権法に関する知識が貧弱な一介のエンジニアが、このような集会で基調講演を行うのはおこがましいと考えて辞退した（もしこの招待に応じていれば、私は反・ソフトウェア特許集団の中で、有名になっていただろう。しかしその一方で、数理計画法や金融工学の研究に悪い影響が及んでいた可能性がある)。

参加を辞退した最も大きな理由は、レッシグ教授がソフトウェア特許だけでなく、特許制度や、知的財産権の保護そのものに反対していたからである。

エンジニアである私は、技術の発展のためには、特許制度が不可欠だと考えている。特許制度がなければ、巨大な資金を投入して新製品を開発するインセンティブがそがれるし、無駄な重複投資が行われるからである。

ソフトウェア特許には反対でも、特許制度を支持している私は、この会合で講演することによって、反・特許制度運動の支持者とみなされ、通産省にマークされるのは賢明ではないと考えたのである。

しかし今になって考えると、レッシグ教授もストールマン博士も、ソフトウェア特許という怪物を退治するためには、本心で考えている以上のこと主張をする必要がある、と思っていたのではなかろうか。過激な主張に対抗するためには、過激な反論が必要なのである。しかし私には、そのような主張に与する勇気はなかった(知的財産権本部長の警告は効果があったのである)。

アメリカでソフトウェア特許やビジネスモデル特許の見直しが行われたあと、通産省は素早くソフトウェア特許の運用見直し委員会を立ち上げた。選ばれた委員は、有力大学の法学部教授、大電機メーカーの特許部門長、知的財産権問題が専門の弁護士、弁理士など一ダースほどの専門家と、ただ一人のエンジニア（工学部ヒラノ教授）である。

驚いたのは、ソフトウェア特許運用見直し委員会に集まった法学者や電機会社の代表は、「われわれは、もともと本心ではソフトウェア特許に反対だったが、（アメリカ政府の意向を忖度する）通産省と特許庁は、企業関係者に反対しないよう要請した」と言っていたことである。

委員の一人である高名な法学部教授は、私の耳元で、「カーマーカー特許裁判で、最高裁に上告していたら、勝てたかもしれませんよ」と囁いた。このころソフトウェア特許に関する風向きは、三年前と大きく変化していたのである（もし最高裁まで戦って勝訴していれば、数学特許を葬ったヒラノ教授は英雄になっていたかもしれない）。

法学者は政府の意向に反する意見を述べると、政府関係の委員会に招いてもらえなくなるので、たとえ反対でも、政府の意向を忖度して口をつぐんでいたのである。

私はこの時以外にも何回か、政府の審議会に招かれたことがある。この種の会合では、政府の意向を忖度する委員長と数人のメンバー（いわゆる御用学者）が、事務局と相談して決めた答申案を追認するだけのものが多かった。

一方ソフトウェア特許見直し委員会では、予想に反してまともな議論が行われ、新規性に関する審査を厳しくすることが確認された。この結果、（日本では）カーマーカー特許のような数学特許や、ステート・ストリート銀行特許のようなビジネスモデル特許が成立することはなくなった（日本の特許法には依然として、数学やビジネス方法は特許の対象にはしないことが明記されている）。

しかしアメリカに根を張る〝なんでも特許〟推進グループは、虎視眈々と次の戦略を練っている。そして油断していると、数学特許が息を吹き返す可能性もある。これを防ぐためには、最高裁に「数学的解法は特許の対象にはしない」ことを確認してもらうことが必要である。

その一歩手前まで行きながら、最後の詰めを行わなかったことは、ヒラノ教授の最大の挫折になったのである。

ソフトウェア特許見直し委員会に呼ばれたのは、私の一連の活動が認められたためであるが、その一方で私は通産省だけでなく法務省からも、要注意人物としてマークされることになった。

なお数理計画法はカーマーカー特許以後も順調に発展し、カーマーカー法が提案された一九八四年に比べて、一万倍以上の規模の線形計画問題が解けるようになった。この結果、単体法が提案された当時は誰も予想しなかった、超大型の最適化問題が解けるようになった。

カーマーカー法そのものは、単体法より一〇〇倍速くはなかったが、その後の研究によって、一〇〇万倍（！）速く問題が解けるようになったのである。

最後に工学部ヒラノ教授と法曹界との戦いについて書くことにしよう。

戦後半世紀にわたって、一度も改正されなかった特許制度の見直しが行われたのは、二〇〇五年である。

この当時の私は、小泉内閣が提唱する「知財立国」戦略に寄与するために設立された「日本知財学会」の副会長を務めていた。会長はバイオテクノロジーの第一人者である「東京大学先端科学技術研究センター」の軽部征夫教授である。

私にはこの人と共に仕事をしたくないいくつかの理由があったが、知財問題に詳しい工学部教授はヒラノ教授以外にはいないので曲げて引受けてもらえないかという説得に負けて、やむを得ず引き受ける羽目になったのである。

ちょうどこのころ、自民党の司法制度調査会で、司法制度改革が検討されていた。知財学会を代表して意見を求められた私は、〃特許紛争を取扱う「知的財産高等裁判所（知財高裁）」を設立するにあたっては、アメリカやEUのような「技術判事制度」を導入する必要がある〃ことを主張した。

技術判事とは、〃技術分野における学位及び実績を持ち、民法及び特許訴訟に関する実証済みの知識を持つ判事〃のことである。大学の工学部を卒業した後、法科大学院で民法、特許訴訟法などを学んだ人がこれに該当する。

技術と法律に明るい技術判事が特許紛争に関与すれば、裁判に対する当事者の信頼感が高まる。

一方日本では、法学部を卒業したあと司法官試験に合格した裁判官が、技術紛争を取り扱っていた。勤勉な判事は、技術問題もしっかり勉強して、公正な判断を下すことが出来るというわけである。

しかし、カーマーカー特許裁判を担当した裁判長は、審理に先立って、「私は数学のことは全く分かりません。しかし、ここにおられる補佐官（特許庁から派遣されている特許審査官）は数学に明るい方です」と挨拶した。

裁判のキモは、カーマーカー法の新規性である。本来ルーセント社の代理人が新規性を立証すべきところであるが、この人も数学のことは全く分からないという。ここで裁判長曰く、「この案件は司法関係者が注目していますので、慎重に審議したいと思います。ヒラノ先生、申し訳ありませんが、私にもわかるようにご説明いただけませんか」

拒否すれば、補佐官（特許庁の代弁者）の意見で、新規性があることにされてしまうので、やむを得ず引受けた。ところが「今まで一度も連立一次方程式の解法（ガウスの消去法）を勉強したことがない」と宣う東大法学部卒（卒業したからには、入学試験を受けているはずだ！）の裁判官に対する七回（各一時間）の講義の間中、裁判官は心ここにあらずだった（こんな裁判を担当させられた不運を呪っていたことだろう）。

私は学生だった時に、指導教授の勧めで、応用化学科で開講されていた特許法の講義を履修した。しかし四〇年以上の前のことなので、裁判に先立って特許法に関する何冊かの教科書を手に取った。

分かったことは、目覚ましい技術革新が続いた五〇年間、特許法は一度も改正されたことがなかった、という事実である（法律関係者の間では、特許法はどうでもいい法律だったのである）。

また早稲田大学法学部教授が書いた教科書には、「裁判官の中には、『技術のことについては、H_2Oが水であるという程度ことを知っていれば十分だ』と言う人がいるが、それは間違いである」という記述があった。つまり世の中にはH_2O裁判官が大勢いる、ということである。

カーマーカー特許紛争を担当した裁判長は、典型的なH_2O裁判官だった。誤解がないよう断っておくが、日本における知的財産権法の最高権威である中山信弘教授（東大）の研究室には、電気工学や化学関係の専門書が並んでいたし、ローレンス・レッシグ教授の著書には、情報技術に関する専門的な記述が溢れていた。したがって、すべての裁判官がH_2O判事ではないだろうが、技術に無知な判事にあたったら、どのような判決が出るか予想がつかない。

特許侵害裁判については、長い間企業の特許部門や弁理士集団による「日本の特許裁判は当てにならない」という根強い批判があった。事態を憂慮した政府は、司法制度改革の際に技術判事制度を導入する検討を行っていた。内閣府・知財戦略本部長（！）の推薦で、自民党の司法制度検討委員会に招かれた私は、この制度の導入を強く主張した。

H_2O判事と特許庁から派遣された補佐員による裁判で、特許庁が認めたカーマーカー特許を覆す判定が出ることはあり得ない。一方、もし裁判長（少なくとも副裁判長）が、技術判事であったなら、もう少しまともな審議が行われていたはずだ、と思ったからである。

具体的な方策について尋ねられたので、EUやアメリカに倣って、十分な技術的知識と法律に関する一定レベル（ロースクールの卒業生程度）の知識があれば、技術判事になることが出来るようにする必要がある、と主張した。しかし保岡興治委員長は、「そのような案は法曹界が受け入れないだろう」と受け流した。

このあと政府は、技術紛争を取扱うための「知財高裁」を設立する際に、技術判事制度を導入する方向にかじを切った。そして二〇〇五年某月某日の日経新聞一面に、「技術判事制度の導入決まる」という大きな見出しが載った。その晩何人かの友人からお祝いの電話がかかってきた。

しかし、最高裁判所を頂点とする法曹界の強い反対で、技術判事制度は見送られた。ある法曹関係者は、「最高裁が、ストライキをちらつかせたせいだ」と言っていたが、真偽のほどは分からない。

その後、日経新聞に訂正記事は出なかったから、今でも技術判事制度が成立したと思っている人がいるかもしれないので、ここで確認しておきたい。「技術判事制度は岩盤法曹界の反対で見送られた」と。

弥縫策として盛り込まれたのは、特許裁判にあたっては、当該技術に詳しい人を参考人として招致して審理の品質向上を図る、というものだった。ただし参考人は裁判官による最終審理には関与できないという。つまり都合がいい意見は聞いても、都合が悪いものは無視するということである。

この案が決まった後、政府は技術系の学会に協力を要請した。日本知財学会にも要望書が届いたが、軽部会長は「大変いい案なので協力すべきだ」という意見を述べ、そのまま議論を打ち切った（軽部会長に幻滅したヒラノ教授は、一期限りで副会長を辞任した）。

法律関係者は、知財高裁が設立されてから、特許裁判の品質は改善されたと主張している。もしそれが事実だとすれば、わずかばかりの日当で、（H_2O）裁判官の下働きをさせられている気の毒な技術者のおかげなのである。

技術判事制度の導入には、二〇年後に行われるはずの司法制度見直しを待たなければならないが、内閣法制局長官を務めた高校時代の友人は、「そんな制度が出来るはずがない」と断言した。

〝賢い〟トランプのような総理大臣が出て来なければ、法曹界というギルド組織を壊すのは難しそうだ。

8　八人の友人

大学コミュニティにおける〝ゾンビ〟のような存在である名誉教授は、元の職場に顔を出すことを慎まなければならない。現世で忙しく働いている人たちに、ゾンビがあれこれ口を出すのは望ましくない、と考えられているからである。

しばらく前に後輩に頼まれて、やむを得ず東工大のキャンパスを訪れたヒラノ名誉教授は、かつての同僚の怪訝な視線を浴びた。その目は、〝何しに来たんですか？〟と言っていた。ヒラの名誉教授だけではない。学長を務めた木村孟名誉教授も、大学の門を入るときには血圧が上がる、と言っていた。

大学首脳部は、入学式や卒業式の際に、名誉教授をひな壇に招いてくださる。また開学記念日には名誉教授懇談会を開催して、学部長や学科主任が茶菓でもてなしてくださる。

ヒラノ教授は現役時代に二回、「人文・社会群」の主任を務めたが、幸いなことに、大学に対する忠誠心がない文系一般教育担当の名誉教授は、誰一人として懇談会に姿を見せなかった。

しかし、専門教育組織である「経営システム工学科」の場合は違った。毎年のように、学部長を務めた大物名誉教授のH先生がやってきて、学科主任を相手にあれこれ講釈を垂れる。それが終わると、かつての部下であるO教授の研究室を訪れ、またまた長談義。

助教授時代にH教授に痛めつけられたO教授は、「H先生から電話がかかってきたら、外出中で今日は戻りません」と答えるよう秘書に頼んでドロンした。

東工大を退職した後、中大に移籍した私は、講義、会議、雑用、介護に忙殺されたので、名誉教授懇談会に出席する余裕はなかった。そこで招待状が届くと、その日のうちに〝欠席〟の欄に丸印をつけてポストに投函した。返信が遅れると、律儀な事務職員から問い合わせが来るからである。

中大を退職してからは、時間的な余裕は出来たが、体力的な余裕がなくなった。杖を突きながら大岡山まで出かけて、多忙を極める学部長や学科主任の接待を受けても、得るところは少ない。

そんな暇があったら、気が合う友人たちとビールを飲みながらおしゃべりする方がずっと有意義だ。

コロナ禍が襲ってくるまで、私は学生時代以来の友人たちと定期的に会食した。しかし喜寿を超えた老人には、いつ何が起こっても不思議ではない。毎年二～三回、本郷の高級蕎麦店で会食した中学時代以来の親友・工藤徹一氏とは、二〇一八年の暮れに会ったのが最後になった。

数年前から体調が良くないと言っていたが、一九年の春に受けた健康診断でステージ四の胃がんと診断され、ホスピスに入所した後、わずか一か月で亡くなった。七九歳の誕生日を迎える一週間前だった。

中学・高校時代の親しい友人の中で、理工系大学に進んだのは、工藤と私の二人だけである。東大教授の工藤と東工大教授の私は、専門分野は違ったが、共に製造業王国・日本を支えているという共通認識があった。

私は工藤から多くのことを学んだ。友人を大事にすること、人間は信用が大事だということ、尊敬すべき師の教えを守ること、納得できない権威とは断固戦うこと、明るいうちは酒を飲まないことなど。私はこれまで可能な限り、工藤の生き方を手本にして生きてきたのである。

大学院時代に、私の父からベクトル解析や関数解析など、高等数学の個人授業を受けていた工藤が、「お前のおやじは何でも知っているんだよなぁ」と呟いたとき、〝おやじは映画ばかり見ていたわけではない〟ことを知った。

私は六五年にわたってお世話になった工藤に対する感謝の気持ちを込めて綴った『工学部ヒ

ラノ教授と世田谷少年交差点』（青土社、二〇一七）を、亡くなる暫く前に手渡すことが出来た。

工藤の死後間もなく、工藤の姪にあたる女性から、「この本を読んで、叔父の偉大さがわかりました」という手紙を受け取った私は、〝書いておいてよかった〟と思ったのでした。

工藤が亡くなった数か月後の二〇一九年の暮れ、長い間私淑してきた西野寿一名誉教授（慶応大学）が、肺炎で亡くなった。長く肺気腫を患っていた同氏は、インフルエンザをこじらせて肺炎になり、あっという間に亡くなった（私も肺気腫を患っているので、インフルエンザやコロナにやられればイチコロだろう）。

西野教授は若いころ、ノーベル経済学賞を受賞したケネス・アロー教授（スタンフォード大学）の薫陶を受けた、ORと数理経済学の研究者である。以前から令名は伺っていたが、親しくお付き合いするようになったのは、共通の友人である後藤公彦教授（法政大）が亡くなってからである。

西野教授は、慶応中学・高校時代の後藤の親友だった。一方の私は、東大時代以来の後藤の親友だった。

後藤の死後、私は『スプートニクの落とし子』（毎日新聞出版社、二〇一〇）という本を出した。後藤の素晴らしい才能と不運を追悼する目的で書いたこの本については、大学時代の友人の間で毀誉褒貶の言葉が飛び交った。

その中で、著者の真意を理解してくれた数少ない友人である西野教授は、「この本を書いてくださったヒラノ教授に、後藤に代わって深く感謝します」というメッセージを届けて下さった。

この時以来私は、毎年後藤の命日に、後藤と親しかった二人の友人と、西野教授行きつけのレストランで開催される「後藤を偲ぶ会」に出席した。

二〇一八年の偲ぶ会の後しばらくして、西野教授から、「このところ体調が思わしくないので、来年の会合を延期してもらえないか」という連絡が入ったので、私は「集まれないのは残念だが、二〇二〇年の一三回忌を盛大にやりましょう」と返信した。

私だけでなく、メンバーそれぞれが様々な健康問題を抱えているので、一三回忌でこの会合もおしまいかと思っていたが、その前に西野教授は旅立たれた。その後残された三人で、西野教授の追悼会を開く計画を立てたが、コロナ禍で見合わせざるを得なくなった。

この本の冒頭に書いた通り、コロナ禍が襲ってきた三月以降、すべての会合はキャンセルされた。浮いたお金で、私は時折一〇〇グラム五〇〇〇円程度の中級和牛ステーキや、スーパーの駅弁祭りで横川駅の釜めし、金沢の焼きサバ寿司、札幌の海鮮丼などを食べている。

嗜好品を含めた食費は、月に八万円あれば十分である。固定資産税、各種の保険料、医療費、光熱水道料、テレビ、スマホ、マンション管理費などを含めた、年間三〇〇万円強の出費は、年金の範囲に収まっている。その日の食費にも事欠くシングル・マザー世帯や、困窮学生に比べると、私は恵まれた生活を送っている。

中大を退職した二〇一一年当時、私には五人の親友と、一ダースほどの親しい友人がいた。ここでいう親友とは、〝何があっても決して私の信頼を裏切らない友人〟のことである（このような友人は、心友と呼ばれることもある）。

ところがここ一〇年の間に、二人の親友（工藤と西野）が病死し、もう一人の盟友とは、私の不注意が招いた筆禍事件が原因で疎遠になった。それ以外の人たちは健在だが、ほとんどは枯れ木状態である。しかし少数ながら、今なお輝き続けている人もいる。

その一人であるコンサルティング会社社長のK氏は、喜寿を迎えても自分の脚でモンブラン登頂を果たしている。毎年六月末にはスイスに渡り、一か月以上高所トレーニングに励む。そして八月になると、ガイドを雇って山頂を目指すのである。お金と体力がなければできないことである。

五〇代初めに、念願の権現岳登頂を果たして以来、山登りとは無縁の生活を送ってきた杖突き老人は、K氏から快挙（怪挙？）の知らせが届くたびに、どうかしていると思いながらエールを送っている。

もう一人の友人F氏は、毎年大学時代のボート仲間と、〝世界シニア・ボート選手権〟に出場している。去年は三位に終わったが、八〇歳になると一つクラスが上がる（下がる？）ので、優勝を狙うとやら。

三人目は、〝一〇〇歳まで現役〟を目指す、経済評論家の野口悠紀雄氏である。『九つの性格　エニアグラムで見つかる本当の自分と最良の人間関係』（鈴木秀子、ＰＨＰ研究所、一九九七）によれば、人間は次の九つのタイプに分類出来るという（どれにも当てはまらない人はいないということだ）。

一　完全でありたい人
二　人の助けになりたい人
三　成功を追い求める人
四　特別な存在であろうとする人
五　知識を得て観察する人
六　安全を求め慎重に行動する人
七　楽しさを求め計画する人
八　強さを求め自己を主張する人

九　調和と平和を望む人

エニアグラムは、二〇〇〇年ほど前に、イスラムの世界で生まれたものであるが、この分類によれば、野口は典型的な第三タイプの人間である。そこで第三タイプの特徴を前記の本から引用しよう。

常に効率性を心がけ、成功するためには自分の生活を犠牲にしてまでも努力を惜しまない。自分の掲げた目標に向かって、他人も効率よく邁進することを期待し、周囲の人のやる気を巧みに喚起する。

自分の人生の価値を成功か不成功かの尺度で測り、実績を重視する精力家。自分の良いイメージを周囲に示そうとし、多くの場合、自信に満ちた印象を与える。「成功している」、「物事が効率的にうまくやれた」ということで最も満足感を得る。

本人は否定するかもしれないが、これは野口そのものである（第三タイプ以外に当てはまるものはない）。一方の私は、典型的なタイプ六の人間である。その特徴を記せば、

〝安全〟への欲求から行動するこのタイプは、二面性を持っている。一つの面は強い保護者を求め、その保護者に対してきわめて忠実で、責任感を発揮する。その一方で、納得がいかない権力に反抗し、弱者の主張をよく聞き入れ、旗色が悪い戦いにも果敢にチャレンジする面も持っている。

相手のちょっとした言動から、その真意をくみ取る能力を持つ。「忠実である」、「誠実である」ということに満足感を感じる一方で、「率直さ」、「社会規範に順応しない」、「危険に勇敢に立ち向かう」ことにも満足感を覚える。

ここに記されている通り、私には二面性がある。ある時は大胆の三乗、ある時は慎重の三乗として振舞うのはそのためである。また学生時代の指導教授のような、強く尊敬できる保護者に対してきわめて忠実である。実際私は二人の恩師に力の限り奉仕した。また尊敬すべき友人である野口に対しても忠実だった。

その一方で、現役時代の私は、しばしば（工藤同様）納得がいかない権力と戦った。金融経済学や金融ビジネスの世界に君臨する（実績がない）経済学者集団と闘ったこと。線形計画法の新解法を特許申請した「AT&Tベル研究所」に対して、特許の非合法性をめぐって訴訟を起こし、七年の時間と六〇〇万円のお金をかけて、勝ち目のない裁判を戦ったことなど。私にとって、経済学者集団とベル研究所は、〝納得がいかない権力〟だった。

また母親の反対や友人の危惧を知りながら、学生結婚に踏み切ったことや、同僚たちが白眼視する中で金融工学の旗を振ったことは、社会規範に順応しない性向、危険に立ち向かう性向の表れである。

また子供時代に、兄の方ばかり向いている母の顔色を窺って過ごしたおかげで、私には相手のちょっとした言動から、その真意をくみ取る能力が備わった。

つまり、野口が典型的なタイプ三の人間であるのと同じくらい、私は典型的なタイプ六の人間なのである。

タイプ六の人間にとって、タイプ三の野口は手本にすべき人物だった。私は半世紀にわたって、この人から多くのことを学んだ。仕事を進める上での効率性、（他人に迷惑を掛けない限り）合理的に振舞うこと、時間とお金を無駄遣いしないこと、エトセトラ。

私と野口は日比谷高校を出て、東大工学部の応用物理学科で学んだ。大学を出た後、野口は大蔵省に入省し、私は電力中央研究所に就職した。その後われわれ二人は、中学時代以来の友人である、日銀勤務の斎藤精一郎氏と協力して、内閣府が募集した明治百年記念論文に応募し、総理大臣賞を取った。

六〇年代末から七〇年代初めにかけて、私と野口はアメリカに留学し、アメリカ文明の洗礼を受けた。過酷な留学生活を乗り切って、一流大学でPh.D.を取得した二人は、互いに一目置く存在になった。その後二人は、様々な場面で協力しあう盟友になった。

私について野口が、〝緻密な論理体系で武装しつつも、非合理性にあこがれる男〟と評したように、私は心情的には〝(超合理的な)マクナマラを信奉し、モーツァルトを愛するオールラウンド〟の野口より、〝教祖的な魅力の持ち主である〟第二タイプ(もしくは第九タイプ)の斎藤に近かったのである。

若いころの野口は、友達から批判されることを嫌う男だった(好きな人はいないだろうが)。それを知っていたにもかかわらず、私はしばしば野口の言動を批判した。第三タイプの人間は、誰かがブレーキを掛けなければ、思うままに突っ走って、合理主義モンスターになってしまうと思ったからである。

二〇一四年に私が書いた『あの頃ぼくたちは日本の将来を真剣に考えていた』(青土社)が引き起こした筆禍事件のあと疎遠になってからも、私は野口の連載コラムを愛読し続けた。特に二〇〇〇年にスタートし、二〇年間一度も休まずに続いた、『週刊ダイヤモンド』誌の「超・整理日誌」を、一〇年以上欠かさず読んだ。

野口はどのような問題に対しても、「落下傘勉強法」(麓から山を登るのではなく、落下傘で頂上に降り立つ勉強法)で効率的に知識を吸収したあと、ITツールを駆使して『週刊東洋経済』と

『週刊新潮』にも連載記事を書いていた。ピーク時の執筆量は年間（四〇〇字詰め原稿用紙で）四〇〇〇枚を超えていたはずだ。

この数字は、多作で知られる全盛期の江藤淳や内橋克人を上回る。時にあれあれと思わせる記述もあったが、論旨の明快さにはいささかの衰えもなかった。

これだけ大量に書いたのに、文筆家の宿命である筆禍事件を一度も起こさなかったとしたら、すごいことだ（私は野口の五分の一しか書かなかったのに、二回も筆禍事件を起こしてしまった）。

また『超・整理手帳』を発明して、日比谷高校の英語担当教諭で、のちに受験生のバイブルと呼ばれる『デル単』（青春出版社、一九六七）を出版して、二〇〇億円を稼いだ森一郎教授（奈良女子大）を上回る富豪になった。

私は今でも野口を尊敬している。しかし筆禍事件の後は、かつて同じ目的のために協力しあった盟友の一人になってしまった。

エニアグラムの分類では、第二もしくは第九タイプに属する斎藤精一郎氏は、学生時以来常に親身になって私を支えてくれた。高校受験に失敗した時、〝愛しのイレーヌ〟に振られて落ち込んだとき、筑波大でくすぶっていたとき、そして東工大に移ってからも、斎藤はつねに私を支援し激励してくれた。

評論家として大成功し、私の一〇倍近い収入を手にした斎藤は、しばしば私を（夫人が経営する）銀座の料亭に招いてご馳走してくれた。またわれわれ夫婦が越中島の老朽公務員住宅で、回り持ちの新年会をホストした時、二キロもあろうかというイクラの樽詰めと、シャトー・マルゴー二本を差し入れてくれた。そのおかげで、ヒラノ家の公務員住宅新年会は、前年のT氏（元・大證券会社会長）宅での新年会並みに豪華なものになった。

もう一つ付け加えれば、八〇年代半ば以来、同僚のエンジニアたちの冷たい視線を気にしながら、細々と取り組んでいた「金融工学」の研究に積極的に乗り出したのは、斎藤と協力して『週刊新潮』で、「大学教授の株ゲーム」という連載記事を執筆して以来である。

工学部教授がこのようなことをやれば、エンジニアの間で鼻つまみになる。「東工大教授ともあろうものが、株式投資のノウハウを週刊誌に連載するとは言語道断だ」、「ヒラノ某はわれわれが大事に育ててきた学生を、銀行や証券会社に売り渡している」などなど。

〝一度貼られたレッテルを剥がすのは容易でない。かくなる上は、本格的に金融工学の研究に取り組み、日本の金融ビジネスが、ウォール街の住民のカモにされないよう頑張るしかない〟。後年私が金融工学の旗手と呼ばれるきっかけになったのは、この連載である。

また斎藤が書いた『金融ゼミナール』（日経新聞出版社、一九九五）は、金融理論に明るくないエンジニアのバイブルになった。金融の世界は、MMT理論をはじめとして、今なお分からないことだらけだが、この本のおかげで金融理論の基本は身についた。

経済評論家として成功した斎藤は、野口同様大学の同僚から嫌がらせを受けていたようだ。他人のあら捜しが得意な経済学者や評論家たちは、「斎藤の主張には一貫性がない」と批判した。確かに経済学者には、論理の一貫性が求められるだろう。昨日まではケインジアンだった人が、今日からマネタリストになることは許されない。

一方、経済評論家に求められるのは、次々と発生する経済事象を前にして、一般の人たちの役に立つアドバイスを与えることである。野口のように、長期的な視点に立って、一貫した主張を行うことは大事である。しかし長期的に見て正しいことが、短期的にも正しいとは限らない。

斎藤は直観力がすぐれた評論家だった。例えば、バブルの中で高騰するＮＴＴ株の暴落を、いち早く予言したのは斎藤だったし、すべての経済学者が否定する中で、バブル崩壊後の不況を「デフレだ」と最初に明言したのもこの人である。

私も金融工学に取り組み始めたころ、経済学者集団の標的になったから知っているのだが、頭が良くて妬み深い経済学者は、異なる意見をもつ相手に対して、陰湿な個人攻撃を仕掛けてくる。

長くテレビの情報番組のキャスターを務め、総理大臣のアドバイザーを務めた斎藤は、三〇年にわたって執拗な攻撃を受け続けた。もともと他人と争うことが嫌いだった斎藤には、長い間受け続けた攻撃がボディーブローとして蓄積し、あるところを境に、他人との付き合いを避けるようになった。

いつの日か、昔のようにシャトー・マルゴーを飲みながら語り合いたいものだが、二人に残された時間は限られている。

最後にここ一〇年間、頻繁に会食した友人たちを紹介しよう。

まず大学時代以来の友人である益田隆司氏。この人が生まれ育った環境は、私とよく似ている。

国家公務員の家に生まれ、優秀な兄の陰に隠れて自由奔放な少年時代を過ごしたこと。三人のうち二人が受かる戸山高校の受験に失敗した後、板橋にある私立城北高校で一年雌伏して、戸山高校の編入試験に合格したこと。ここまでは、戸山高校を日比谷高校に置き換えれば、私と全く同じである。

高校卒業後は、本当は医者になりたかったのに、スプートニク・ショック後の理工系ブームの中で工学部に進み、学部時代は優秀な友人たちに囲まれて、自信喪失したこと。この部分も、医学部を文学部に置き換えれば私と同じである。

ところが大学院に進んでからは、指導教授から後継者指名を受けたことから分かるように、一転して優れた才能を発揮した。しかし指導教授の茶坊主にされることを潔しとせず、修士課程を終えた後は、日本の計算機産業をリードする日立製作所の「中央研究所」に就職した。

この部分は、大学院でもおどおどしながら暮らした私とかなり違うが、修士課程を出て民間企業に就職したところは同じである。

その後益田は、計算機のＯＳ（オペレーティング・システム）の研究に取り組み、二度にわたって「情報処理学会」の論文賞を受賞した。

ところが、通産省のＩＢＭ追随方針を受けて、日立が国産計算機開発プロジェクトを中止したため、優秀なＯＳエンジニアは次々と日立を去った。益田も新天地を求めて、一九七七年に開学後間もない筑波大学の計算機科学科に移籍した（この時はこの学科の助教授を務めていた私が仲介の労を取った）。

あちこちに書いた通り、このころの私は、先輩教授や全国から集まったオレオレ教授のパワハラを受けていた。この苦境を乗り越えることが出来たのは、益田ともう一人の盟友であるＵ氏のサポートがあったおかげである。

八年余りの雌伏の後、私は東工大へのエクソダスを果たした。益田もその五年後に東大の理学部情報科学科に移籍した。

この後益田は研究者としてのキャリアを擲って、ややこしい学科の運営に注力した。多くの研究者は、研究業績につながらない学科運営業務を敬遠する。学科主任になると、週に三日は雑用でつぶれるからである。

ほとんどの大学がそうであるように、東工大の場合はこの仕事を、五人の（正）教授が回り持ちで分担する。したがって教授の研究活動は、五年平均で二割近く低下する。

これに対してアメリカの大学では、事務手腕と人望がある教授が、何年かにわたって学科主任を引受ける。スタンフォード大学のＯＲ学科や計算機科学科では、同じ教授が一〇年近く学科主任を務めていた。

これらの学科では、強い権限を与えられた学科主任が、優秀な秘書のサポートの下で、ほとんどすべての事務処理を引受ける。したがって学科主任以外の教授は、雑用に煩わされることなく、研究・教育に集中することが出来る。

筑波大学でも、建前上はアメリカの大学のように、権限を与えられた教授（学系長と学類長）が事務処理を一手に引き受け、一般教員は研究・教育に専念出来ることになっていた。

ところが実際には、制度運用がうまくいかなかったために、一般教員の雑務は二倍に増えた。実際この大学で過ごした八年間、私は週に五回（各二時間）の会議と、年に五〇〇時間の雑用に追われた。

私と同じようなことを経験した益田は、東大に移籍してからは率先して学科主任という名の雑用係を引受け、数年にわたって人事や予算執行を取り仕切った。長く学科主任を務めると、学部内での知名度が高まる。事務手腕と人柄の良さを評価された益田は、五〇代半ばに理学部長に選任された。

このとき、応用物理学科時代の仲間たちは歓声を上げた。なぜならこの学科は、長い間理学部・物理学科の植民地だったからである。いわば、イギリスに帰化したオーストラリア人が、イギリスの首相になったようなものである。

二年にわたって理学部長を務めた益田は、定年後は電気通信大学（電通大）の教授に迎えられた。

その後は学部長を務める傍ら、日本情報処理学会の会長選挙に立候補した。この学会は、同じころ私が会長を務めた、日本ＯＲ学会の五倍近い会員を擁する大きな学会である。

情報処理学会では、日立、東芝、富士通、日電などの大電機メーカーがしのぎを削る中で、古巣である日立の全面的サポートを受けた益田は、めでたく会長に選出された。ここまでくれば、次のポストは学長である。

電通大には、益田の出身学科である応用物理学科のＯＢが何人も（少なくとも七～八人）勤めていた。正教授の総数が一〇〇人程度の大学で、一〇人と言えば一大勢力である。

益田はもともと権力欲が旺盛な人物ではないが、おみこしに担がれた以上は勝たなくてはならない。益田は再選を目論む現学長を破って学長に就任した。

ところが学長就任後は、四年後の再選を狙う前学長グループの妨害にあって、選挙公約を十分に果たすことは出来なかった。益田を担いだ人たちは、「折角学長にしてやったのに、何もやってくれない」と不満を漏らした。

私は益田が学長を務めている間も、しばしば定期的に会食する機会があったが、「いいプランを出しても、誰も動いてくれない」とぼやいていた。

大学というコミュニティには、利害が異なる自分勝手な教授集団が棲息している。彼らを統率するためには、卓越した行政手腕、もしくは有無を言わせない研究業績が必要とされる。

益田学長は人柄がよく行政手腕もあった。しかし長く電通大の教授を務めた前学長との戦いに敗れ、道半ばで電通大を去った。

そのあとは、ある民間財団の専務理事として、八〇歳を超える今なお、若い人材の海外留学支援の仕事に情熱を燃やし続けている。人柄がいい益田には、うってつけの仕事である。

最後にこれまで毎年二～三回、ウィークデーの昼日中に酒食を共にしてきた友人を紹介しよう。実名を公表すると迷惑がかかる可能性があるので、以下ではイニシャルだけで済ませることにする。

新潟出身のH氏は、日比谷高校を卒業した後、東大の文科一類に現役合格すると同時にラグビー部に入部し、俊足バックスとしてレギュラーを務めた。東大ラグビー部は弱小チームであるが、練習の厳しさは、私が所属した日比谷高校ラグビー部とは比べ物にならない。

仲間たちの間では、ボート部とラグビー部に入ったら、四年では卒業できないと言われていたが、ボート部のFと同様、ラグビー部のHも無事四年で卒業した。

Hは一部上場企業であるK社に入社し、順調な出世街道を歩いた。私は才能・体力・勤勉さから見て、将来は幹部になると見ていたが、五〇代半ばに上司と衝突して、子会社に出向する羽目になった。

居座っているうちに風向きが変わり、出世コースに復帰する可能性もあったと思われるが、男気があるHはけじめが大事だと考えたのだろう。何年か子会社の社長を務めたあと、六〇代半ばに親会社の都合で後輩にポストを譲り、年金生活に入った。

その後は、若いころにたしなんだバイオリンに復帰し、地元の市民オーケストラに加わった。数年前にソロを務めた時は、東京芸大の奏楽堂まで聴きに出かけたが、素人とは思えない見事な演奏だった。

Hはしばしば渋谷の新国立劇場に、オペラを見に出かけると言っていた。頻尿の杖突き老人は、三時間以上続くオペラ見物は諦めて、WOWOWとCDで我慢している。

またHは当代きっての経済評論家・野口による月例セミナーの常連として、互角に議論を戦わせているようだ。時折会食の際に、野口セミナーが話題に上ることがあるが、的確なコメントに、私はわが意を得たり、とにんまりしている。

Hは自宅の近所に菜園を借りて、様々な野菜を栽培し、時折錦糸町までキュウリ、ナス、トマトなどを運んできてくれた。スイカもいいものが採れるそうだが、自宅からぶら下げてくるほどの体力はないようだ。友遠方より来る、また楽しからずや。しかし足腰が弱ってきたせいか、ここ一年ほど差し入れがない。

コロナ禍の中で定例会食がキャンセルされた後は、しばしメールを送っているが、返信が遅れ勝ちなのは気がかりである。久しぶりに届いたメールには、「腱鞘炎が悪化して、指の動きが悪くなったせいで、シューベルトの『死と乙女』で苦労している。また菜園の仕事も辛くなったので、そろそろ店じまいすることになりそうだ」と書かれていた。

もう一人の高校時代以来の友人であるH氏は典型的な第九タイプで、頭脳明晰にして冷静沈着、絵に描いたような紳士である。

Hは東大工学部の修士課程を出て、大手機械メーカーI社に入社して以来、実力プラス人柄の良さで、副社長にまで上り詰めた。人を見る目がない（ラガーマンHの就職先である）K社とは大違いである。

I社を副社長で退任した後顧問に就任したHは、古稀を過ぎたあとも様々な（お金にならない）名誉職を引受けていた。「日本科学技術連盟」の理事長、文科省の大学評価委員などなど。私は何か困ったことがあるとHに相談に乗ってもらった。その都度Hは私の話を聞いて的確な意見を述べてくれた。また時折は長く独居生活を続けている私のために、各地の名産品を届けてくれる。それに対する私の返礼は、年に二冊のペースで刊行される「工学部ヒラノ教授シリーズ」である。

次は応用物理学科時代の同期生・竹山名誉教授（中大）である。この人とは、卒業以来長い間付き合いがなかったが、中大に勤めるようになってから親しくなった。竹山は第五タイプの代表で、付き合い始めたころは、鋭い観察力と警句で私をドギマギさせた。

思ったことをズバズバ言う（森喜朗氏が言うところの〝わきまえ〟がない）竹山は、中大理工学部三奇人の一人と呼ばれた。しかし東工大の三大奇人に比べれば、至極まっとうな人だった。問題があるとすれば、普通の人なら教授会では言わないことを、平気で言うことだけである。

私が竹山の大学時代の友人であることを知ったある事務職員は、「ヒラノ先生は本当に竹山さんのお友達なんですか？」と真顔で訊ねた。それに対して、「彼は私が最も信頼する友人です」と答えた時、事務職員の眼は大きく見開かれた。

都立西高を卒業して東大の理科一類に合格した後は、応用物理学科の物理工学コースに進学して博士号を取った。物理工学コースは、理科一類五五〇人の学生の中で、上位五〇番以内の成績を取った学生でなければ入れない学科である。

実際このコースには、理科一類で一番と三番の学生がいた。ちなみに三番は既に紹介した野口である。また私の親友の一人である後藤公彦も、このコースに所属していた。このことからすると竹山も選り抜きの秀才だったのである。

博士号を取ってから三〇年以上中大に勤めた竹山は、中大について何でも知っていた。またこの人には全く私心というものがなかった。私は何かあるたびにこの人にアドバイスを求めた。第五タイプに属する博覧強記の竹山のアドバイスは、いつも的確だった。

中大を退職してからも、私は益田、竹山と三人で年に数回会食した。また新しい本を出すたびに竹山に献呈した。「面白ければ、仲間の皆さんに宣伝してください」というメッセージを添えて。著者は出版社から定価の二割引きで購入することが出来るから、竹山の宣伝によって八人以上の知り合いが本を買ってくれれば、献本の元が取れる。

ところが竹山は私の意図を知りながら、自転車に乗って友人の家に本を届けに行くのである。

「自転車で転倒すると、大腿骨骨折で寝たきりになるよ」

「よく転ぶけれど、サドルの位置が低い自転車だから、大怪我したことはないよ」

「ひどい目に遭うとなんだから、ジュンク堂で買うように勧めてよ」

「あいつらは金がないから、本を買う余裕はない。この本は面白いからぜひ読ませてやりたい。そのためには貸すしかない」

「うーん」

エンジニアは、〝(専門書と趣味の本以外は)読まない、買わない、タダでもらえば稀に読むことがある〟人種である。したがって、買ってくれなくても、読んでくれれば有り難いというべきだろう。

その一方で、竹山はジュンク堂でヒラノ教授の本が棚の間に挟まっているのを見つけると、ひところのヒラノ教授がやっていたように、人目に付く場所に置きなおしてくれる。

また本が届くと克明に読んで、増刷される場合の役に立つ意見を述べてくれる(残念ながらなかなか増刷には至らない)。そして最後に、「この本は面白いから絶対に売れるぞ」と励ましてくれるのである。

私が「工学部ヒラノ教授」シリーズを書き続けているのは、竹山をはじめ何人かの熱心な読者に支えられているからである。

最後は、筑波大時代に筑波三銃士の一人として、八年間苦労を共にしたポルトスことU氏である。この人については『工学部ヒラノ助教授の敗戦』(青土社、二〇一二)の中で詳しく紹介したとおり、原理原則に忠実な熱血漢で、友人や学生を大事にする男の中の男である。

早々と筑波から脱出した私や益田と違って、Uは最後まで筑波大にとどまり、身勝手なオレオレ教授たちの干渉にめげることなく、筑波大の一般教育・情報処理を成功に導いた。

私は東工大に移ってからも、そしてともに独居老人になってからも、Uが懇意にしている飯田橋の「北島亭」という高級フレンチ・レストランで何回もご馳走になった。このところ直接顔を合わせる機会が少なくなったが、月に一回以上長文のメールを交換している。

9 大いなる宿題

ヒラノ老人は妻を看取ったあと、毎日一〇時間近くパソコンに向かった。文章を書いているときだけは、喪失感を覚えずに済んだからである。朝四時に起きて、夜八時までにはベッドに入る老人が、一〇時間パソコンに向かえば、残された時間は八時間しかない。

七三歳のときに大腸憩室で二回の大出血を起こし、合計五週間の絶対安静生活を送ってからは、パソコンに向かう時間を一〇時間から六時間に減らした。この結果生まれた三～四時間の空き時間は、映画、オペラ、読書、スポーツ観戦などに回した。

スポーツ観戦は、いつ終わるか分からないテニスや野球はパスして、終わる時間が決まっているサッカーと相撲だけに限った。また評判になっているドラマも、夜七時以降のものは見合わせた。

私は大腸憩室と肺気腫という基礎疾患を抱えている。しかし、半年に一回の血液検査によれば、血糖値、肝機能、腎機能に特別な問題はないようだ。

クレイジー・キャッツの面々は、酒量が多い順番に死んだそうだが、谷敬と同程度に飲んだはずの私が、今もしぶとく生きているのは、妻が難病を発症した五〇代以降、酒量を減らしタバコをやめたからである。

妻が亡くなってから、ずっと一人暮らしを続けてきたヒラノ老人は、八一歳の誕生日を迎えるまでには、老人ホームに入居しようと考え、埼玉県草加市にある施設と仮契約を行った。

その内容は、〝満七九歳の誕生日（二〇一九年八月）以降、空室が一つになったところで本契約を結ぶ〟、というものだった。現在までのところ連絡がないので、依然として一人暮らしを続けているが、コロナ禍が終息するまでは、入居を見合わせるのが賢明だろう。介護施設に入ると、家族と面会することは出来ないし、施設が倒産して放り出されることもあるからだ。

時は流れ、八一歳の誕生日が目の前に迫ってきた。こんなところに、〝元祖・おひとりさま〟こと、上野千鶴子女史（東大名誉教授、社会学者）の『在宅ひとり死のススメ』（文春新書、二〇二一）というキニナル本が出版された。

曽野綾子、下重暁子両女史風の、お金持ちエリート女性の〝上から目線〟の本だと思ったが、八八〇円を投資して読んだところ、独居寡夫の目からうろこがボロボロ剥がれ落ちた。

上野氏は、〝現在の介護保険制度が維持される限り〟、自宅に住んでいるおひとりさまは、たとえ認知症になっても、死ぬまで自宅で暮らすことが出来るし、その方が介護施設に入るより、あるいは子供の家に引き取られるより、ずっと幸せな時間を過ごすことが出来る、と主張する。これは、多くの老人に対するアンケート調査結果と、様々な客観的データをもとにした結論である。

おひとりさまは、しばしば不都合な出来事に遭遇するが、それらの多くは、ヘルパーさんのサポートがあればクリアできるし、誰にも干渉されないひとり暮らしは、精神衛生上もずっといいと言うのである。

私もうすうすこのことには気づいていた。しかし『工学部ヒラノ教授の終活大作戦』で提唱したNNS（望ましい二人称の死）を成就するためには、認知症になった場合は、一定の条件を満たす介護施設のお世話になるしかない、そしてそのためには、症状が進行する前に入居を決断しなくてはならない、と思っていたのである。

しかし、四〇年以上にわたって、〝自発的〟おひとりさま生活を送った上野女史は、たとえ認知症になっても、堂々と介護保険のお世話になりながら、最後まで自宅で過ごす方がいいと仰る。一方妻が亡くなったために、一〇年間〝強制的〟おひとりさま生活を送っているヒラノ老人は、上野女史のように割り切ることはできずに悩んでいる。

“To spend time at home until the end, or move into a nursing house, that is the question”.

すでに書いたように、私は大学を退職してから、公的な仕事はすべて断ってきた（あまり頼まれなかったが）。住宅ローンは数年前に完済したし、今後大きな負債を背負い込まないように、運転免許証も返上した。この結果私は、いつ死んでも誰も困らない純白な老人になった。

一回目のコロナ緊急事態宣言が解除される直前に、『工学部ヒラノ教授のウィーン独り暮らしの報酬』（青土社、二〇二〇）を書き終えたあと、何か書かずにはいられなくなった。そこで『工学部ヒラノ教授の徘徊老人日記』の続編、すなわちこの原稿を書き始めたところで、大きな宿題があることを思い出した。三年前に亡くなった娘が書き残した文章に手を加えて、一冊の本を完成させる仕事である。

娘の葬儀を終えてしばらくしたころ、長い間娘の面倒を見てくれた介護施設のケアマネさんから、「裕子さんが遺された原稿をもとにして、本を書いていただけませんか。裕子さんもそれを望んで居られたと思います」というメッセージとともに、娘が死の床で書き綴った原稿のファイルが送られてきた。

しかしその後三年あまり、私はこの仕事に取り掛かる気になれなかった。娘の原稿に、私を非難する記述が含まれていることを恐れたからである。実は娘と私は長い間不仲だったのである。

宿題に取り組むことを決心したのは、二人の親友が突然に亡くなったため、私の命も遠からず終わることを実感したからである。〝宿題を済ませる前に死んだら、娘に合わせる顔がない〟。

この一〇年間、私は常に二つ以上の原稿に並行して取り組んできた。原稿Aが難所に差し掛かった時には、原稿Bに乗り換える。原稿Bに取り組んでいるうちに、原稿Aの難所を乗り越えるアイディアが浮かぶ。

そこで原稿Aに戻ると、難所は平坦になっている（いつもそうであるとは限らないが）。AとBを行ったり来たりしながら、Aが完成したところでもう一つの原稿Cを取り出し、BとCに取り組む。

研究という営みを研究する〝研究・研究者〟によれば、研究者は一つの問題だけを研究するより、二つの問題を同時に研究する方が、生産性が上がるという。二つの問題の間を行ったり来たりすることで、両方の問題の難所を乗り越えることが出来るからである。物書きの場合も同じで、二つのテーマの間を行き来することで、原稿作成の効率が上がる。

〝仲が悪い父と娘の合作〟で思い出すのは、ジェーン・フォンダがプロデュースし、ヘンリーとジェーンのフォンダ親娘が共演した『黄昏』という映画である。

病死したと聞かされていた母親が、実は父親の度重なる浮気を苦にして自殺したことを知って以来、娘は父を激しく憎悪した。父を許すまでには、二〇年の歳月が必要だったという（このあたりのことは、ジェーン・フォンダの自伝『わが半生　上、下』(石川順子訳、ソニー・マガジンズ、二〇〇六) に詳しく記されている)。

和解から十数年後、娘は『黄昏』をプロデュースして、父親に初めてのアカデミー主演男優賞を齎した。この時父は重い病を患っていたため、授賞式に出席することは出来なかった。代わりにオスカーを受け取ったのは、主演女優賞を二回受賞している娘だった。

仲が悪かった親子が作った映画は、これ以外にもあるかもしれない。しかし私は、仲が悪い父と娘が合作した小説というものを知らない（あったら教えてください）。

一九六七年に生まれた娘の裕子は、一歳になる前に母親に連れられて、四歳の兄とともに父親の留学先であるカリフォルニアに渡航した。母親すなわち私の妻は、夫の留学期間中、子供たちと日本で暮らすつもりだったが、夫が強度の心身症に罹ったため、やむを得ず渡米することになったのである。

妻は一言の愚痴もこぼさなかったので気が付かなかったが、後年義理の姉は、「二人の幼児を抱えての渡米準備はとても大変だったようだ」と言っていた。

男の子と間違われるほど活発だった娘は、たちまち英語をマスターし、半年後にはアメリカ人少女を従える女王様になった。

三年間カリフォルニアの太陽に灼かれ、ますます男の子のようになった娘は、日本に戻ってからも、近所の子供たちに対して女王様然として振舞い、周囲の鼻つまみになった。半年後に父親の仕事の都合で、ウィスコンシンに行くことが決まったとき、家来扱いされた子供たちの母親は歓声を上げたという。

一年中初夏のように快適だったカリフォルニアと違って、ウィスコンシンは、夏は三〇度を超える暑さ、冬は零下二〇度が当たり前、時には零下三〇度になる過酷な土地だった。

日本で暮らした半年の間に英語を忘れてしまった娘にとって、友達（家来）がいないウィスコンシンでの一年は辛いものだった。楽しみと言えば、夏の間のプールと冬の間のスケートくらいだった。このため、再び日本に戻ったとき、かつての女王様は引っ込み思案な少女になっていた。

日本に戻ってやれやれと思う間もなく、娘は半年後にウィーンに行く羽目になった。父親は自分の都合を優先し、家族の苦労を顧みなかった。

長い間海外生活で苦労した夫婦の半数は、後日離婚するというデータがあるそうだが、われわれ夫婦にも離婚の危機はあった。離婚しないで済んだのは、妻がとても我慢強い性格だったからである。

カリフォルニアで暮らした三年間、妻は日本に帰れば二年生になる長男にかかりきりだった。

兄に母親を取られたと思った娘は、友達をいじめることで、不満を発散させていたのだろう。ウィーンの公立小学校に通わされた七歳の少女は、一週間で不登校になった。英語授業のインターナショナル・スクールであれば我慢できたかもしれないが、全くドイツ語が分からないのだから無理もない。一方母親に似て我慢強い長男は、「英語が通じるから何とかなる」言っていた。

学年が遅れることを心配する妻は、日本から運んで行った教材を使って、子供たちに毎日三時間に及ぶ特訓を施した。自分の天職は子育てだと考える妻にとって、学年が遅れることは決してあってはならないことだった。

私は特訓の現場に居合わせなかったので知らなかったが、すべてに呑み込みがいい兄と違って、理科と算数が苦手な妹に対するトレーニングは、とても厳しかったようだ。このころの妻は、母親というより厳格な教師だった。そのおかげで学年が遅れずに済んだが、娘は母親への愛情を失った。

妻は兄と妹を公平に扱ったと主張した。しかし、差別されたと感じた娘は、青白く暗い少女になった。そして、日本に戻って間もなく、自転車で壁に激突して頭を打ち、三週間の入院生活を送ってからは、さらに引っ込み思案な少女になった。

娘の不幸は、九つ違いの弟が生まれたことによって増幅された。当時三五歳だった私は、研究上は大スランプだった上に、大学ではパワハラを受けていた。この辛さから逃避するために、私は生まれたばかりの次男を溺愛した。

われわれ夫婦の間には、〝夫は家族を路頭に迷わせないよう責任を持つ。妻は子育てを全面的に請け負う〟という合意があった。また男女平等の時代に育った夫婦の間には、〝男の子も女の子も平等に扱う〟という合意があった。

これをよいことに、私は全く上の二人の面倒を見ない、という意味で公平に扱った。実際私は、長男と長女をお風呂に入れてやったことも、おむつを替えてやったこともなかったのである。

ところが次男の時は違った。次男は驚くべき言語能力と、優れた理数の才能を備えていた。息子の才能を知った私は、自分にもそれなりの才能があるはずだと考えた。私が長いスランプから抜け出すことが出来たのは、次男が生まれたおかげである。

娘は、父親が弟を優遇するのを見て嫉妬した。〝私の自転車はディスカウント・ショップの安物なのに、弟の自転車はブランド品〟、エトセトラ。助教授時代の私にはお金がなかったから、上の二人の自転車は安物だった。しかし教授になって少しゆとりが出来た私は、次男には要求にこたえて高級品を買ってやった。

この結果、母親を兄に取られたと思っていた娘は、父親を弟に取られたと思ったのである。

しかし私は、娘が父親を恨んでいることや、弟を嫉妬していることに気が付かなかった。気が付かなかった原因は、私の子供時代の家庭環境にあった。

私には三つ年上の兄がいた。この兄はズングリ・ムックリな私と違って白面の貴公子で、小・中学校時代は開校以来の秀才と呼ばれた。世の中に開校以来の秀才なるものは履いて捨てるほどいるが、私の兄は静岡市教育委員会が家庭環境を調べに来るほどの大秀才だった。

母は優秀な兄を溺愛した。家事を負担しないで、いつも本を読んでいる兄。アパートの階段掃除、草むしり、買い物などでこき使われる弟。

私は母から「お前もバカではないはずだ」という言葉を、耳にタコが出るほど浴びせられた。バカではない私は、これが「お前はお兄ちゃんよりバカだ」という意味であることを理解していた。そして、その通りだと思っていたのである（私が今でも自分に自信が持てないのは、これがトラウマになっているからである）。

母と違って、父は兄と弟を平等に扱ってくれた。ところが八つ違いの弟が生まれてから、状況は一変した。父は弟だけを溺愛したのである。しかし私は、父が弟を可愛がるのは当然だと思っていた。なぜなら病弱な弟は、とても可愛かったからである。

このようなわけで私は、母を兄に取られ父を弟に取られても、弟に嫉妬しなかった。だから私が次男を可愛がっても、娘が九つ違いの弟を嫉妬するとは思わなかったのである。娘と私の関係がこじれた最大の原因はこれである。

六年生になったとき、母は兄を東大に入れるために、弟を連れて上京した。弟は静岡に置き去りにされ、父と二人だけの一年を過ごした。毎月一回父が上京するたびに、恐ろしい夢を見る私は、友達の家に転がり込んだ。そして〝捨て子された〟少年は、この一年の間に母への信頼を失ったのである。

兄に母親を取られ、弟に父親を取られた娘は僻んだ。〝何年も外国暮らしを強いたうえに、兄と弟に挟まれた二番目の子供の辛い立場を分かっていながら、弟だけを可愛がる父は許しがたい〟。

娘は、〝母や自分が海外生活で辛い目に遭ったこと、そして父は家族のことを全く顧みない人でなしだ〟、という言葉を弟に吹き込んだ。純真な弟はこの言葉を信じた。たとえウソや誇張でも、毎日同じことを聴かされると、人間は信じてしまう。真実ならばなおさらである。この結果、次男は父親を人でなしだと思うようになった。

母親が心室頻拍という難病を発症したとき、次男は五年に及ぶ海外生活で受けたストレスが原因だと考え、母に苦労を掛けた父親を憎んだ。こうして娘は、弟を溺愛した父親に復讐を果たしたのである。

娘は東大の理科一類に現役合格した兄に対抗するために、東大の文科二類を受けたが見事失敗。自信喪失した娘は、子供のころから夢想していた象の飼育係になるために、獣医大学を受験しようと考えた。しかし、獣医大学を出ても象の飼育係になれるとは限らない、という母親の理路整然たる説得に負けて、渋々ながら父親が勧める一橋大学の商学部を受験した。

私が一橋を勧めた理由は、東大より入りやすいことと、経営学の分野では東大より優れた教授陣が揃っていたことである（経営学と関係が深い経営工学の専門家である私は、一橋事情に通じていた）。

私が考えた通り、一橋は娘に合っていた。カリフォルニア時代の覇気を取り戻した娘は、男子学生を睥睨して教養課程を過ごした。そして三年生になって、商学部の人気教授ナンバーワンである竹内弘高教授のゼミに入ってからは、かつての女王様キャラを取り戻した。兄と弟は、（そして母親も）自信満々な娘に辟易させられた。

卒業後は大学院に進みたかったようだが、竹内教授の勧めで日本生命に入社した（私と同様竹内教授は、娘は研究者より会社勤めの方が向いている、と判断したのだろう）。

一橋大の有力教授（のちのハーバード大学教授）の弟子で、数少ない女性総合職の娘は、社内で一目置かれる存在だった。自信満々な妹を持て余した兄は、「あいつの部下にだけはなりたくない」と言っていた。

初任者研修のあと大阪勤務なった娘は、保険のおばちゃんたちを従えて、充実した二年間を過ごした。

　優秀だが要領が悪いため、なかなか博士号が取れない二九歳の兄に比べて、二六歳で八〇〇万円の高給を取る娘は、ついに兄を追い抜いたと思ったようだ。

　一方、子供時代はネコのように可愛かった次男は、高校生になるころからライオンに変身し、父親に襲い掛かった。娘のインプットが、母親の病状の悪化とともにボディーブローのように効いてきたのである。

　母親からこのことを聞かされた娘は、ほろ酔い機嫌で父親に手紙を書いた。


「ママから聞いたけれど、この頃英次に手こずっているそうね。でもそれはね、自業自得なのよ。パパはおばあちゃんを嫌っていたくせに、子供たちを意のままに操ろうとするところや、バカは生きる価値がないと思っているところは、おばあちゃんとそっくりなのよ。このあたりで少し反省したほうがいいと思うわ」

　この手紙を読んだ私は、夜の公園で声を上げて泣いた。自分に自信が持てない私は、子供たちに干渉することを極力避けてきた。また娘は息子たちほど頭が良くないとは思っていたが、それを口にしたことはなかった。しかし、親が何を考えているか、バカではない娘には分かってしまったのだ。

私は娘の手紙を何回も読み直し、そのたびに泣いた。そして思った。〝娘は私を憎んでいる。ほとんどは誤解に基づくものだが、もはや修復不能だ〟と。

このあと娘は、高校時代の同級生で、私大の理工学部を卒業した後、東工大の大学院で博士号を取り、製造業に勤務する青年と婚約した。この青年を紹介された時、私は反対したほうがいいのではないかと思ったが、仮に反対しても娘は自分の意志を貫くだろうと考え黙認した。

一般的に言って、企業は博士号を持つエンジニアを敬遠する傾向がある。(長男と同様)融通が利かない娘の夫は、会社の上司と折り合いが悪かった(たまたまこの上司は、私の知り合いだった)。

バブル崩壊後の不況の中で早期退職した夫は、司法書士への転身を図ったが、なかなか資格を取ることは出来なかった。そこで方針転換して、行政書士の資格を取ったが、この世界はまさにピンキリ、数千万円を稼ぐ人がいる一方で、大半は二〇〇万円稼ぐのが精一杯だという。

私の妻は発病三年後に、心臓カテーテル手術を受けて、心室頻拍から解放された。ところがこのころ妻は、もう一つの難病・脊髄小脳変性症を発症した。この病気は、小脳にある種の化学物質が蓄積されるために、徐々に運動機能が失われ、一〇年後には寝たきりになる遺伝性の難病である。

日本国内に一万人程度の患者がいる病気であるが、有効な治療法はない。新たに開発されたセレジストという薬を服用すれば、病気の進行を遅らせる可能性があるということだが、個人差があるので効果のほどは良く分からない。たとえ進行が一～二年遅くなっても、いずれは死に至る業病である。

日本生命で順風満帆の生活を送っていた娘は、竹内教授が新設されたビジネス・スクール「一橋大学・国際経営戦略研究科」の研究科長に就任した機会に、夜間の修士コースに入学して、ＭＢＡの資格を手に入れようと考えた。〝この資格を取れば、将来取締役になる可能性が高まる〟。

一〇年後には課長、二〇年後には部長、そして三〇年後には取締役になることを狙っていた娘は、母親に向かって、「ＭＢＡを取って人事部長を目指す」と言ったそうだ。〝何千人もの保険のおばちゃんに君臨する女王様になろう〟ということである。

ところが上司の了解を得て、入学試験を受ける準備をしていた時に、体調に異常を感じた。体がふらついて、まっすぐ歩けなくなったのである。その後しばらくして、自転車に乗れなくなった。大学病院で検査してもらった結果、母親と同じ病気にかかっていることが判明した。三二歳の時である。

母親の発病は五五歳の時だったが、三〇代に発病した祖母は、四〇代半ばに歩行困難になり、五〇代初めに悪性腫瘍で亡くなった。娘は母親の難病が気になっていたが、私と同様、仮に発病するとしても、二〇年以上先だと思っていたようだ。

体調が悪化したため、発病一年後には会社を退職せざるを得なくなった。この病気は発症が早いほど進行も早いのである。

このころの娘は荒れたようだ。悪名高い新興宗教に入信しそうになったこともあった。夫が命の危険を顧みずに救出してくれなければ、娘は洗脳されて、家族や親類に迷惑をかけていた可能性もあった。この件については、本人ではなく夫の口から聞いたが、おそらく真実だろう（私は娘を救出してくれた夫に深く感謝している）。

その後夫の両親の家に匿われた娘は、正気を取り戻し、流山の自宅で失業中の夫の介護を受けるようになった。

はじめの一～二年、夫は娘によく尽くしてくれたが、間もなくDVを働くようになった。その原因は、永らく妻に生活の主導権を握られていたことに対する憤懣と、娘が出世のために子供を産むことを拒否したことにあった。

私も難病の妻に暴力を振るった経験があるから分かるのだが、何かの拍子に一度でも暴力を振るうと癖になる。私は暴力をふるったところで、危機を察知したヘルパーさんのアドバイスに従って、夫婦そろって介護付き老人ホームに入居したので、DVは収まった。一方、一人で介護していた夫の暴力は次第にエスカレートした。

　このことを知った私は、重度の褥瘡で苦しんでいる娘の依頼で、（夫の反対を押し切って）難病介護施設に避難させた。発病後四年目のことである。この結果、もともと煙たがられていた私は、娘の夫から憎まれることになった。夫の口から、娘が私を憎悪していることを知らされた私は、回復不能な傷を負った。

　介護施設に入居した娘は、はじめの一〜二年、自分の不運を呪ってケアマネージャーや介護スタッフを困らせた。「なぜ私だけがこんな目に遭わなければならないのか」、「なぜ母は、五〇％の確率で発病することを知っていながら私を生んだのか」、「父は祖母（母の母）が難病にかかっていることを知っていたのに、なぜ母と結婚したのか」

「取締役になれるはずだったのに、なんて私は不幸なのだろう」、「なぜ夫は、私が父から貰ったお金を横取りしたのだろう」、エトセトラ、エトセトラ。

　娘の原稿を読んで、このあたりのいきさつを知った私は、娘の辛さの一〇〇分の一も理解していなかったことを知った。ところが私は、娘にも妻にも慰めの言葉を掛けなかった。毅然とした母親と娘は、そのような言葉をかけても喜ばないと思ったからである。

　その後、難病ケア施設で働くヘルパーさんたちの気の毒な半生を知った娘は、それまでの生き方を反省した。娘の遺稿には、「病気に罹ったのは辛い。しかし病気にならなければ、自分の意のままに他人を操ろうとする生活を続けて、誰からも嫌われていただろう」と書かれていた。この文章を読んだ私は、娘の苦しみと健気さを思って落涙した。

そして一度もおむつを替えてやらなかったこと、一度もお風呂に入れてやらなかったこと、そして一度も慰めの言葉を掛けなかったことを悔やんだ。

混乱から立ち直った娘は、ヘルパーさんの相談相手になり、施設が提供する絵画教室（娘は子供時代から絵が上手だった）や、習字教室などに積極的に参加して、穏やかな晩年を過ごしたようだ。

娘が介護施設に入居してから、私は必ず毎月一回以上三郷市にある介護施設に住む娘を見舞ったが、愚痴を聞かされたことは一度もない（妻も決して愚痴をこぼさない女だった）。

夫の口から、娘が私を憎んでいることを聞かされていた私は、見舞いに行っても落ち着かなかった。一〇年前に貰った手紙の件もあった。〝娘は今も私を許していないだろう。そうだとしたら、あまり長々と話をするのは避けた方がいい〟。こう思った私は、いつも一時間余り娘のそばで過ごした後、帰りのバスに乗った。

病気は徐々に進行した。所定の時間以内に、食事を食べ終えることが出来なくなったので、胃瘻の手術を受けたが、次第にやせ細り、母親に似て〝色白な美少女〟だった娘は、ムンクの『叫び』に描かれた老女のような姿になった。

私は「工学部ヒラノ教授」シリーズを出版するたびに、娘に届けた。はじめのうちは読んでくれたが、次第にページをめくるのが困難になった。時折ケアマネさんに読んでもらっていたようだが、このころから自分が生きた証拠としての回顧録を書き始めた。

はじめのうちは、キーボード入力が出来た。それが難しくなってからは、大学時代の友人がプレゼントしてくれた音声入力ソフトを使うようになった。しかしその後発音が不明瞭になったため、眼球の動きで入力するソフトを使用した。

体力が衰えたため、作業は遅々として進まなかったが、ケアマネさんのサポートを受けながら書き進めた。原稿の中に、私に対する恨みの言葉が一つも含まれなかったことから見て、娘は何年も前から私を許していたようである。そうと知っていれば、もっと頻繁に見舞いに訪れ、優しい言葉をかけていただろう。

娘が亡くなったのは二〇一七年の二月、母親が亡くなってから六年目の冬だった。主治医は人工呼吸器をつければまだ生きられると言ったそうだが、かねて延命措置を断っていた娘は、従容として旅立った。享年四九歳一〇か月。

ケアマネさんからA４で四〇枚ほどの遺稿が送られてきたのは、葬儀を終えてしばらくしたころである。

娘の病室に、私が書いた一〇冊あまりの本が置かれているのを見たケアマネさんは、私をプロの作家だと思ったようだ。実際Wikipediaで私の名前を検索すると、「数理計画法と金融工学の研究者、著述家」という記載がある。

しかし私は、長い間娘の原稿を読む気になれなかった。娘の夫から投げつけられた言葉が、あまりにも強烈だったからである。

三年後、私はコロナ禍の中で娘の原稿を読んだ。それを解読するのは困難な仕事だった。しかし古代エジプト象形文字を解読した、ジャン＝フランソワ・シャンポリオンほどの才能と根気がない老人でも、八割程度解読することが出来た。

大半は私が想像していたことと合致していたが、思い違いも含まれていた。そんなことがあったのか、という記述も多々あった。

コロナ感染者が激増してからは、介護予防施設通いを自粛したために浮いた時間を使って執筆を続けた結果、二〇二〇年の秋口に『工学部ヒラノ教授のウィーン独り暮らしの報酬』が完成した。

それからあとは、『続・工学部ヒラノ教授の徘徊日記』、すなわちこの原稿と『工学部ヒラノ教授と娘の物語』を並行して書き進めた。

この後は、アメリカ大統領選挙が気になって、執筆は滞りがちだったが、バイデンの勝利が固まってからはスムーズに書き進み、二〇二〇年の暮れには、どちらも八割ほど書き上がった。

これから先いつも通り難所が待っているだろう。また家族に関する記述については、息子たちの了解を取った方がいいと思われる部分があるので、最終調整にはしばらく時間がかかりそうだ。

しかしそれを考慮に入れても、四回目の命日、すなわち二〇二一年二月四日までには脱稿できそうだ。

われわれ父娘は、ヘンリー・フォンダとジェーン・フォンダのような有名人ではないから、出版を引受けてくれる本屋さんが見つかる保証はない。しかしこの本の完成を待っているケアマネさんと、最後まで娘を支援してくださった一橋時代の友人諸氏に渡すことが出来れば、私の責任は果たされることになる。

あとがき

この原稿を書き始めたのは、『工学部ヒラノ教授のウィーン独り暮らしの報酬』（青土社、二〇二〇）を書き終えた直後、新型コロナ禍が襲ってくる少し前である。

何もやることがないとウツになるので、取り敢えずWORDを開いて、『続・工学部ヒラノ教授の徘徊老人日記』という文字を打ち込んだ。しかしこの時は、最初の三章以外は何を書くべきか目算が立たなかった。

第三章を書き終えた後、あれこれ思いを巡らせた。無い知恵も絞れば出るものである。四章から六章までは、あまり苦労せずに書けた。ところがそこから先は、全くアイディアが浮かばない。

そこでしばらく執筆を中断して、小川洋子の『密やかな結晶』、金井真紀の『パリのすてきなおじさん』、レティシア・コロンバニの『三つ編み』、原田マハの『楽園のカンヴァス』などを読んだり、レスリー・キャロンやジェニファー・ジョーンズなど、お気に入りの女優が出ている古い映画を見たりして気分転換を図った。

ここで思い出したのは、小川洋子の「物書きを名乗るものは、一度書き始めたものは最後まで書かなければいけません」という言葉である。この言葉に後押しされて書き進めた結果、二月半ばに原稿が完成した。あとは細かい修正を施せば何とかなるだろうと考え、ベッドに入った。

大腸憩室による出血を起こしたのは、その翌朝である。思い出してみれば、八年前の出血も『工学部ヒラノ教授のアメリカ武者修行』（新潮社、二〇一三）の原稿が完成した翌朝だった。原稿書きという作業には、最終段階できつい坂道が待ち構えているので、ストレスがたまるのである（大腸憩室という病気は、何が原因で出血するのか良く分かっていないようだが、ストレス原因説には説得力がある）。

これまでの経験で、二回目の出血までには一時間以上の間隔があることが分かっていたので、リュックの中に財布、下着、常備薬、手帳、洗面用具、完成したばかりの原稿を詰め込み、青土社の菱沼氏あてに、〝これから入院します〟というメールを書き、原稿のファイルを添付して送信した。

八年前の時のように、三週間程度入院する可能性があるし、出血が止まらなければ腸の一部を切除する手術を受けることになる。そうなれば、いつ家に戻ることが出来るか分からない。万一戻れなかった場合、せっかく書き上げた原稿が、ハードディスクの中に埋もれてしまうのは残念なので、いつもお世話になっている菱沼氏に送ることにしたのである。

このあと主治医に相談して、八年前に入院した東大病院の救急外来に電話した。ところがコロナ禍の影響で、重症患者しか受け入れないという。仕方がないので、主治医に薦められた墨東病院に電話したが、つながらない。そこで取り敢えず救急車を呼んだ。

五分後に到着した救急車の中で、再度墨東病院に電話したところ、ベッドに空きがないという。もう一つの候補であるM病院は、しばらく前にコロナのクラスターが発生したところなので気が進まない。

そこで救急隊員にお願いして、ダメもとで東大病院に連絡してもらったところ、三〇分後に受け入れが決定した。受け入れ病院が決まらないまま、二度、三度と大出血を起こしていれば、酸欠になってショック死していた可能性もあった。

運よく入院できたのは、過去の入院記録を調べた結果、ヒラノ教授がかつて東大病院長を務めた金沢一郎教授の紹介で入院した患者であることが分かったからだと思われる（持つべき友人は、偉いお医者さまである）。

病院に到着したのは七時半、最初の出血から二時間以上経過していた。二度目の出血の兆候が高まる中で、担当医師の問診、ＣＴ検査、ＭＲＩ検査、ＰＣＲ検査を受けた直後に、一回目の時を上回る一リットル近い大出血。

担当医によれば、空いている病室は一日三万六〇〇〇円の部屋だけだという。仮に三週間入院することになれば、部屋代だけで七〇万円かかる。治療に要する費用の一部は戻るはずだが、差額ベッド代は戻らない。そこで安い部屋が空いたら、そこに移動してもらうことを条件に、支払い承諾書にサインした（四日後に三万円弱の部屋に移動した）。

必要なものはすべてリュックに詰めたつもりだったが、いくつか忘れたものがあった。電話番号簿、携帯電話の充電器、電動シェーバーである。

大病院だけあって、購買部で充電器と髭剃りセットは手に入った。しかし新型コロナの影響で、家族といえども面会禁止だから、家から電話番号簿を持ってきてもらうよう息子に頼むことは出来ない。そもそも息子は、年度末に開催される各種（リモート）研究集会や長女の大学受験などで多忙を極めているので、父親にかまっている余裕がない。

病室にはテレビ、冷蔵庫、応接セットが設置されていたが、テレビは地上波しか入らないので、ニュース番組を見る合間に、原稿に朱を入れて過ごした。

看護師さんは全員同じ制服を着て、大きなマスクをしているので、誰が誰なのか区別がつかなかったが、入院していた二週間、おしゃべりの相手をしてもらった。

主治医は二週間程度で退院できそうだと言っていたので、三～四日で出血が止まるだろうと思ったが、四日目に入っても止まらなかった。このため一週間近く、毎日六〇〇ｃｃの輸血と二リットルの栄養剤・止血剤・水分の点滴を受けた。

八年前の時には、三週間ずつ二回入院していた間に、歩行速度が三割近く落ちたので、一日も早く歩行練習を始めたかったが、医師の許可が下りたのは一週間後だった。

主治医は再三にわたって大腸カメラ検査を勧めた。しかし、腸壁が炎症を起こしているところに、大量の下剤を飲まされるのは願い下げなのでお断りした。「大腸がんを見落とすことになってもいいのですか」と訊かれたが、「その時はその時です」と答えた。

一四年前に入院した時は、要介護四の妻のことが気になって、一日も早く退院したいと思ったが、独居老人になったいまは、早く退院して料理・洗濯・ゴミ出しに煩わされるより、病院で養生したほうがいいと思っていた。

血液が混じった赤黒い便に代わって、待ちに待った茶色い便が出たのは八日後だった。その翌日に三分粥（「舌切り雀」の童話に出てくるノリよりも薄いおかゆ）と魚の煮物、みそ汁、紙パック入りのオレンジ・ジュースが出た。ゆっくりおかずを味わいながら、人間には食べること以上の楽しみはない、ということを確認した。

翌日は五分粥（少しだけ米粒が浮かんでいるおかゆ）と前日同様のおかず、三日目に七分粥、そ

して四日目に全粥が出て、五日目の朝退院と相成った。一一日間の入院に要した費用は約六〇万円だった

出血が止まった後は、毎日病院の中を三〇〇〇歩ほど徘徊して、歩行速度の低下を防ぐよう努めたが、退院した時は入院時より三キロほど体重が減り、歩行速度も三割ほど落ちていた。しかし、タクシーを降りた後独力で玄関にたどり着くことが出来た。

退院して最初にやったことは、菱沼氏にメールを送ることだった。

「先ほど退院しました。体重が三キロほど減りましたが、思ったほど体力は落ちないで済みました。取り急ぎご連絡まで」

この後すぐに菱沼氏から電話がかかってきた。原稿に一通り目を通した後、直ちに出版に向けたアクションを取ってくださったという。元気百倍のヒラノ教授は改訂に取り組んだ。入院中にかなりの作業を行っていたおかげで、二日後には作業が終了した。

その翌日、錦糸町クリニックの主治医から連絡を受けた高齢者支援センターのYさんが、要支援二老人の様子を確かめにやってきた。

「思ったよりお元気そうですね」

「おかげさまで何とか退院できました」

「そろそろあなたもお年頃ですから、週に一回ヘルパーさんを頼んだらどうですか」

「ヘルパーさんですか。どんなことをやってもらえるのですか」

「お買い物、料理、お掃除など、家事全般です」

「うーん。考えてみます」

どうしようか迷っていたところ、Yさんは翌日にH介護サービス社の社長を伴って、再び姿を現した。説明を聞くと、要支援二の老人の場合は、毎週一回（四五分）、掃除、炊事、買い物などの家事を手伝ってくれて、料金は三割負担で一か月につき（一回につきではありません）約五〇〇〇円だという。

折角なので頼むことにしたが、「今日は何も仕事がありませんから、お茶でも飲んでいて下さい」と言うわけにはいかない。そこで何をやってもらおうか、脳みそを働かせた。

食料品の調達は生協に任せればいい。簡単な料理なら自分でやれる。自分がやれないこと、もしくはやらずに済ませていることで、プロが四五分間で出来ることは何か。毎度ながら、無い知恵も絞れば出るものだ
一〇年間一度もやらなかった風呂場の本格的な掃除、台所とベランダの本格的クリーニング、カーテンの取り外し・洗濯・取り付け、トイレの掃除、天井の電球の取り換え、などなど。

ところが具合が悪いことに、三年前の断捨離の時に電動掃除機を廃棄してしまった。その後は週に一～二回、箒&塵取りで〝まるーく〟掃除していたのだが、プロのヘルパーさんに頼む

となれば、電動掃除器が必要である。

こういう日が来ることが分かっていれば捨てなかったのに、と臍を噛んだが、やむを得ず通販で二万円の掃除機を注文した。また焼け焦げた鍋とフライパンも、新しいものに買い替えた。

一週間で体重が一キロほど増え、(生協のお姉さんによれば)少々顔色が良くなったので、ハナマサとビッグAに顔を出し、一か月ぶりに店員さんとおしゃべりした。どうしていたかと訊ねられたので、息子の家で休養していたことにした。

退院後は以前と同様、毎朝四〇〇〇歩、毎夕三〇〇〇歩の徘徊と柔軟体操&スクワットに励んでいる。しかし一か月余りが過ぎた現在も、歩行速度は元に戻らない(老人の脚にぶら下がっている錘は、入院していた間に一キロ以上重くなっていた)。

オックスフォード大学の調査によれば、朝六時前に起きる人は、七時過ぎに起きる人に比べて循環器疾患(心筋梗塞や脳卒中)の発症リスクが四〇%大きくなるということだが、この種の情報は当てにならないし、二五年以上続けてきた習慣を変更すると影響が大きい。

また長患いで苦しんだ末に死ぬより、心筋梗塞であっさり逝く方がありがたい。つまり傘寿老人にとって、早起きは依然として三文の得なのである。

三月半ばにベランダの前にある桜が咲いたので、錦糸公園の桜を見に出かけたが、まだ蕾の状態だった。一〇年前に妻が亡くなってからは、毎年妻の遺影を持って、また四年前に娘が亡くなってからは、妻と娘の遺影を持って墨田公園で桜を見物した。しかし今年は体力が落ちているので、近場の錦糸公園で我慢してもらうことにした。

錦糸公園は数年前に整備した際に、桜の木を半分近く伐採した。しかしそれでもなかなかの見ごたえである。特に今年は、八分咲きになってから散るまでに一週間ほどの時間があったので、合計四回お花見を楽しんだ。

六月はじめにコロナ・ワクチンを接種してもらってからは、毎週一回介護予防施設に通って、体力回復を図りたいと考えているが、コロナの第四波が収まるまでは先送りするほうが賢明かもしれない。しかし何もしないとウツになるので、これからも毎日オペラや歌謡曲を聴きながら、執筆に励むつもりである。

最後になったが、この本の出版にご尽力くださった菱沼達也氏と青土社のご厚意に、厚く感謝する次第である。

二〇二一年五月　　今野　浩

著者　今野浩（こんの・ひろし）

1940年生まれ。専門はORと金融工学。東京大学工学部卒業、スタンフォード大学OR学科博士課程修了。Ph.D., 工学博士。筑波大学助教授、東京工業大学教授、中央大学教授、日本OR学会会長を歴任。著書に『工学部ヒラノ教授』、『工学部ヒラノ教授の事件ファイル』、『工学部ヒラノ教授のアメリカ武者修行』（以上、新潮社）、『工学部ヒラノ助教授の敗戦』、『工学部ヒラノ教授と七人の天才』、『工学部ヒラノ名誉教授の告白』、『工学部ヒラノ教授の青春』、『工学部ヒラノ教授と昭和のスーパー・エンジニア』、『工学部ヒラノ教授の介護日誌』、『工学部ヒラノ教授とおもいでの弁当箱』、『工学部ヒラノ教授の中央大学奮戦記』、『工学部ヒラノ教授のはじまりの場所』、『工学部ヒラノ教授の終活大作戦』、『工学部ヒラノ教授の研究所わたりある記』、『工学部ヒラノ教授のラストメッセージ』、『工学部ヒラノ教授の徘徊老人日記』、『工学部ヒラノ教授のウィーン独り暮らしの報酬』（以上、青土社）、『ヒラノ教授の線形計画法物語』（岩波書店）など。

工学部ヒラノ教授の傘寿でも徘徊老人日記

2021年7月20日　第1刷印刷
2021年7月30日　第1刷発行

著者――今野 浩

発行人――清水一人
発行所――青土社
〒101-0051　東京都千代田区神田神保町1-29　市瀬ビル
［電話］03-3291-9831（編集）　03-3294-7829（営業）
［振替］00190-7-192955

印刷・製本――シナノ印刷

装幀――クラフト・エヴィング商會

ISBN978-4-7917-7401-2　C0095